Julia Weidner

VON WEGEN LICHT AUS, AUGEN ZU!

200 Wahrheiten
über dich
und die Lie

COPPENRATH bei cbj

cbj
ist der Kinder- und Jugendbuchverlag
in der Verlagsgruppe Random House

Wichtiger Hinweis:
Die Informationen und Ratschläge in diesem Buch wurden von der Autorin und dem Verlag in Zusammenarbeit mit Gynäkologen mit größtmöglicher Sorgfalt erarbeitet und geprüft. Es liegt in der Verantwortung des Lesers zu entscheiden, ob und wieweit er den Ratschlägen in diesem Buch folgt.
Weder die Autorin noch der Verlag übernehmen eine Garantie. Die Haftung für Personen-, Sach- oder Vermögensschäden ist ausgeschlossen.
Die Internetadressen in diesem Buch wurden mit Akribie ausgesucht. Die Inhalte der Seiten können aber jederzeit vom Anbieter geändert werden. Daher übernehmen wir trotz sorgfältiger Prüfung keine Haftung für Richtigkeit, Vollständigkeit und Aktualität dieser Webseiten.

MIX
Aus verantwortungsvollen Quellen
FSC® C005833
www.fsc.org

Verlagsgruppe Random House FSC-DEU-0100
Das für dieses Buch verwendete
FSC-zertifizierte Papier *Tauro* liefert Sappi, Stockstadt

1. Auflage
Erstmals als *Coppenrath* Taschenbuch bei cbj März 2012
Gesetzt nach den Regeln der Rechtschreibreform

Fachberatung: Dr. H. Gandura
Illustrationen: Marion Rekersdrees
Umschlaggestaltung: Basic-Book-Design, Karl Müller-Bussdorf
unter Verwendung des Originalumschlags
im · Herstellung: CZ
Satz: Buch-Werkstatt GmbH, Bad Aibling
Druck und Bindung: Těšínská tiskárna, a.s., Český Těšín
ISBN 978-3-570-28031-7
Printed in the Czech Republic

www.cbj-verlag.de

Julia Weidner

VON WEGEN LICHT AUS, AUGEN ZU!

200 Wahrheiten über dich und die Liebe

COPPENRATH bei cbj

Zur Sache

Die Eltern sind doof, die Schule nervt und die erste Liebe stürzt dich in eine tiefe emotionale Krise ...

Dieses Buch hilft dir dabei, einen Weg durch den Gefühlsdschungel zu finden. Hier bekommst du nicht nur Antworten auf alle deine Fragen rund um Lust und Liebe, sondern auch praktische Tipps zu Themen wie Zungenkuss, Flirten und das erste Date. Zahlreiche Beiträge von Mädchen zeigen, dass du mit deinen Empfindungen nicht allein bist.

Neben Ausflügen in die aufregende Welt der Liebe liefert dieses Buch natürlich auch alles Wissenswerte über Verhütung, Schwangerschaft, Abtreibung, sexuellen Missbrauch, Homosexualität ...

Im Anhang findest du die für dich wichtigen Adressen, Internetlinks und Telefonnummern.

Klar, jede von uns liebt und lebt auf ihre eigene, ganz persönliche Art und Weise. Vielleicht ist einiges in diesem Buch neu für dich, anderes kennst du schon. Was davon wirklich wichtig für dich ist, ist deine Sache. Also: Spot an, Augen auf – denn jetzt geht es nur um dich!

Test machen lassen. Bei diesem Test wird dein Blut auf Antikörper untersucht. Sie bilden sich binnen 12 Wochen als Reaktion auf die HI-Viren und können darum erst 3 Monate nach einer möglichen Infektion festgestellt werden. Werden Antikörper nachgewiesen, ist man HIV-positiv, falls nicht, ist man HIV-negativ.
→ *Geschlechtskrankheiten*

www.aidsaufklaerung.de
www.aidshilfe.de
www.gib-aids-keine-chance.de

AKNE // → *Pickel*

ANALSEX //

Analsex ist *Geschlechtsverkehr,* bei dem der *Penis* in den After eingeführt wird. Er ist typisch für schwulen *Sex (Homosexualität),* aber auch manche Heteros *(Heterosexualität)* stehen darauf. Analverkehr ist nichts für Anfänger, denn unser Anus quittiert die ungewohnten Dehnübungen oft mit Schmerzen, die nicht jeder als lustvoll empfindet *(Lustschmerz).* Wenn du es trotzdem ausprobierst, solltest du es aus freien Stücken tun. Goldene Verkehrsregel: unbedingt ein *Kondom* benutzen, denn Analsex fördert die Verbreitung von Pilzen und Krankheitserregern, die zu *Hepatitis* und *Aids* führen können *(Geschlechtskrankheiten).* Auch der direkte Wechsel vom After in die Scheide kann Infektionen auslösen, weil dadurch Darmbakterien in die Vagina gelangen.

Gleitmittel sorgt dafür, dass es besser flutscht, darf aber kein Fett enthalten, da ölhaltige Substanzen das Kondom angreifen. Wenn es so weit ist, solltet ihr es langsam angehen lassen. Als Warm-up kann dein Partner deinen After mit der Penisspitze leicht dehnen. Beim eigentlichen Akt sollte er sich vorsichtig bewegen, damit er dich nicht verletzt.
→ *Sex-Praktiken*

ANMACHE //

Unbeholfener Flirtversuch, der sich bei Jungs beispielsweise durch einen dummen Spruch oder nervtötendes Auf-den-Fingern-Pfeifen äußert. Dass die Anmache etwas plump daherkommt, liegt wahrscheinlich daran, dass dein Verehrer schüchtern ist und versucht seine Unsicherheit hinter Macho-Gehabe zu verstecken. Die Anmache an sich ist aber oft ein Zeichen von aufrichtigem Interesse, weshalb es Sinn macht, sich den jeweiligen Typ genauer anzusehen.

APHRODISIAKA //

sind Mittel, die Lustempfinden und Sexualtrieb steigern sollen. Die Scharfmacher sind so alt wie die Menschheit, denn angeblich versuchten schon die Neandertaler ihr Liebesleben mit bestimmten Pflanzen auf Touren zu bringen. Im Mittelalter

Chili pusht die körpereigene Produktion sogenannter Endorphine, das sind Substanzen, die euphorisch stimmen. Gewisse Bestandteile der Kokosnuss sollen die Potenz steigern und die Libido der Frau ankurbeln.

griff man zum Saft der sagenumwobenen Alraune, der bei falscher Dosierung allerdings zu Lähmungen führte. Heute bevorzugen wir zum Glück harmlosere Mittelchen. Austern zum Beispiel erinnern mit ihrem feuchten Innenleben an eine Vulva *(Geschlechtsorgane)* und enthalten außerdem Mineralstoffe und Vitamine, die fit machen. Weniger empfehlenswert ist Alkohol – er macht zwar locker, benebelt aber die Sinne und schwächt die *Potenz.* Sanfte oder rhythmische Musik, Kerzenschein, Parfum und *Dessous* wirken dagegen sehr stimulierend *(Stimulation).* Und natürlich *Petting.* Manche bringen sich auch mit erotischer Literatur, *Pornografie, Sex-Spielzeug* oder *Dirty Talk* in Fahrt. Häufig stimmt aber auch einfach die Chemie zwischen zwei Menschen und dann klappt's sogar bei Totenstille und Neonlicht.

A TERGO //

bedeutet schlicht und ergreifend „von hinten" und ist somit ein Begriff für mehrere Varianten des *Geschlechtsverkehrs* wie z. B. die *Hündchen-* und *Löffelchenstellung.*

AUSZIEHEN //

kann manchmal ganz schön peinlich werden. Z. B. wenn er mit deinem *BH*-Verschluss kämpft, während du dich an den Knöpfen seiner Jeans abarbeitest. Heißer Tipp: Spaß und *Erotik* kommen auf, wenn ihr das gegenseitige Ausziehen nicht hektisch nebenbei, sondern langsam und ganz genüsslich erledigt. Wichtig ist vor allem, dass ihr beide dasselbe wollt. Im Zweifel also das Thema ansprechen und klären, ob und wie. Dein Liebster wird es dir mit Sicherheit danken, denn für ihn ist das Ganze genauso stressig wie für dich.

Ganz mutige Mädels können natürlich auch einen Striptease hinlegen. Das kommt aber nur gut, wenn du es wirklich draufhast. Am besten erst vor dem Spiegel üben, damit aus dem Auftritt keine Pannenshow wird.

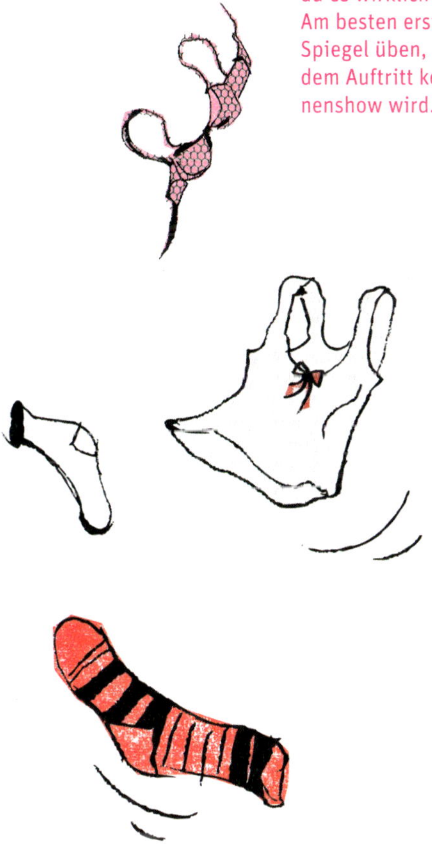

B

BESCHNEIDUNG //

Wenn Jungs auf die Welt kommen, ist ihre Penisspitze, die *Eichel,* von der *Vorhaut* bedeckt. Wird diese operativ entfernt, spricht man von einer Beschneidung. Bei Juden und Muslimen ist sie ein religiöser Brauch. In unseren Breiten kommt sie meistens bei einer Phimose zum Einsatz. Als Phimose bezeichnet man eine zu enge Vorhaut, die sich gar nicht oder nur teilweise über die Eichel schieben lässt und Jungs beim *Sex* große Schmerzen bereitet. Mittlerweile lassen sich viele Männer auch aus hygienischen Gründen operieren, denn ein beschnittener *Penis* ist leichter sauber zu halten.

BESTE FREUNDIN //

Zusammen mit ihr hast du eine Menge Spaß, sie ist deine engste Vertraute. Ob sie wirklich zu dir steht, stellt sich allerdings erst heraus, wenn es dir mal nicht so gut geht, du *Liebeskummer* oder Stress in der Schule hast und eher Trauerkloß als Partygirl bist. Aber auch gute Freundinnen streiten sich mal. Und dann kann es sein, dass eine Zeit lang Funkstille herrscht, weil beide glauben, recht zu haben. Keine Panik: Wenn die erste Wut verflogen ist, renkt sich das oft wieder ein. Schließlich wiegt echte Freundschaft mehr als verletzte Eitelkeit.

„Ich habe eine beste Freundin, die alles stehen und liegen lässt, wenn ich sie brauche, um zu mir zu kommen. Andersherum würde ich ihr auch jederzeit helfen. Wir halten immer zusammen."

Sara, 15

BESTER FREUND //

Er ist für dich wie ein Bruder, mit dem du alle deine Probleme besprechen kannst und der immer für dich da ist. Schwierig wird's, wenn sich einer von euch plötzlich in den anderen verliebt, denn dann ist nichts mehr, wie es war. Einzige Möglichkeit: miteinander reden. Eventuell liegen eure Gefühle gar nicht so weit auseinander. Falls doch, findet ihr vielleicht mit Geduld und Verständnis einen Weg aus dem Dilemma. Vertraut einfach darauf, was euch bisher verbunden hat, und überlegt, ob es Sinn macht, das alles über Bord zu werfen, nur weil einer nicht bekommt, was er will.

BETRÜGEN //

Egal ob du fremdgegangen bist oder dein Freund – Betrug ist ein Vertrauensbruch und ein Zeichen dafür, dass in deiner *Beziehung* etwas nicht stimmt. Höchste Zeit also herauszufinden, wo es hakt.

„Ich finde, dass man, wenn man eine Beziehung hat, nicht fremdgehen sollte. Wenn es aber doch passiert, dann nur mit Kondom."

Julia, 16

Manchmal betrügt man, weil man sich unverstanden oder vernachlässigt fühlt. Oder man sucht einen neuen Kick, weil sich die Beziehung in Routine erschöpft. Ist die Ursache gefunden, lässt sich die *Liebe* oft retten. Sind die Gefühle futsch, ist es besser, sich zu trennen und damit allen beiden die Chance zu geben, jemanden zu finden, mit dem es besser klappt *(Trennung).* Wo Betrug anfängt, ist schwer zu sagen und hängt davon ab, wie großzügig ihr miteinander umgeht. Für manche beginnt er schon bei einem *Flirt,* für andere beim *Sex.* Umso besser, wenn du und dein Liebster in diesem Punkt einer Meinung seid. Falls nicht, ist *Eifersucht* nämlich vorprogrammiert.

BEZIEHUNG //

Wenn aus einem *Flirt* mehr wird, ihr euch regelmäßig trefft, schmust, vielleicht miteinander *Sex* habt und gemeinsame Pläne schmiedet, spricht man von einer Beziehung. Wie lange sie hält, lässt sich nicht vorhersagen, denn Verliebtheit ist, nüchtern betrachtet, vor allem ein Hormonrausch, der dich auf Wolke sieben beamt und daran hindert, den anderen objektiv zu beurteilen. Studien zufolge kann dieser Zustand bis zu 3 Jahre dauern. Unter Bedingungen, die die Sehnsucht schüren, auch länger, z. B. bei einer *Fernbeziehung.* Beruhigen sich die *Hormone* wieder, sieht man klarer. Dann stellt sich heraus, ob die gemeinsamen Interessen, die Erwartungen an den anderen und die Gefühle für ihn eine langfristige Beziehung möglich machen *(Liebe)*. Gute Aussichten hat eine Beziehung, wenn man einander vertraut, toleriert und sich für die Gedanken und Gefühle des anderen interessiert.

BH //

Abkürzung für Büstenhalter und in erster Linie dazu gedacht, die weibliche Brust in Schach zu halten. Ob du ihn brauchst oder nicht, hängt von der Größe deines *Busens* ab. Ist er klein und fest, kommst du auch ohne klar, tragen kannst du ihn natürlich trotzdem. Bei größeren Oberweiten ist ein BH Pflicht, denn er stützt den Busen und beugt Hängebrüsten vor. Generell unterscheidet man zwischen BHs mit und ohne Bügel. Letztere tragen sich besonders angenehm und wirken sehr natürlich. Mit Bügel-BHs kann man super tricksen, denn sie formen und heben die Brust mit einem eingenähten u-förmigen Stäbchen. Manche haben Watte- oder Gel-Pads (Push-up-BHs), die den Busen optisch vergrößern, andere modellieren die Brust (BHs mit Formschalen). Minimizer lassen große Brüste kleiner erscheinen, trägerlose BHs werden unter schulterfreien Klamotten getragen und Multifunktions-BHs haben

Einen Rechner, der dir die richtige Dessous-Größe verrät, gibt es im Internet unter dem Stichwort „Ratgeber“ bei www.triumph.com.

abnehmbare, teils transparente Träger, die sich unterschiedlich anbringen lassen und darum zu vielen verschiedenen Tops und Shirts passen. Für Sportskanonen gibt es Spezial-BHs, die besonders viel Halt geben. Spitzen-BHs trägt man am besten unter locker geschnittenen Oberteilen und sie dürfen ruhig ein bisschen aus der Bluse blitzen. Unter hautenge Shirts und Tops passt am besten aalglatte Microfaser – Wäsche, die sich kaum abzeichnet. Damit der BH nicht kneift, muss die Größe stimmen. Sie ergibt sich aus dem Unterbrustumfang (Umfang des Brustkorbs unterhalb des Busens, gemessen in Zentimetern) und der Körbchengröße, also der Größe der Schalen, die die Brüste umhüllen (Oberweite inklusive Busen, aufgeschlüsselt in die Größen A, B, C, D usw.). Wäscheverkäuferinnen helfen dir gerne weiter. Und allen Verzweifelten sei gesagt: Für jeden Busen gibt's einen passenden BH.

BINDE //

Sie besteht aus Zellstoff und Watte und wird per Klebestreifen im Slip befestigt, um Menstruationsflüssigkeit *(Periode)* aufzufangen. Achtung beim Einkaufen: Sind Binden mit einer Kunststoffschicht versehen, lassen sie nicht genug Luft an den Körper und werden schnell zum Tummelplatz für Pilze und Bakterien *(Geschlechtskrankheiten).* Damit die Nacht kein überraschendes Ende nimmt, ist es besser, zum Schlafen besonders lange und dicke Binden zu tragen. Das Blöde an Binden: Man kann mit ihnen nicht schwimmen oder in die Sauna gehen. Das wiederum geht mit *Tampons.*

BINGE EATING //

ist eine *Essstörung,* bei der es zu unkontrollierten Heißhungeranfällen kommt. Die Betroffenen nehmen zu, weil das Gegessene, anders als bei *Bulimie,* nicht erbrochen wird. Aus Scham wird oft heimlich gefuttert, was bleibt, sind Schuldgefühle und Selbstekel. Bei starkem Übergewicht drohen Herz- und Kreislauferkrankungen, Gelenkleiden, Wirbelsäulenschäden und Diabetes mellitus (Zuckerkrankheit).

BISEXUALITÄT //

Wenn jemand sowohl auf Jungs als auch Mädels steht, ist er bisexuell, kurz: bi. Die Gründe dafür sind bislang nicht geklärt. Der Psychoanalytiker Sigmund Freud glaubte, jeder von uns habe von Natur aus bisexuelle Neigungen, die jedoch aufgrund gesellschaftlicher Zwänge und Tabus verdrängt würden. Es kann also sein, dass du für einen Jungen schwärmst und dich obendrein in ein Mädchen verknallst. Jungs kann das genauso passieren. Dass solche Gefühle verwirren, ist verständlich. Hier hilft reden, am besten mit jemandem, dem du vertraust. Unterstützung findest du auch beim Jugendtelefon der *Stiftung Deutsche Kinder-, Jugend- und Elterntelefone.*

Kinder- und Jugendtelefon: 0800 1110333 (kostenlos)

BLASEN //

(auch Englisch *Blowjob* oder *Fellatio* – Lateinisch für „saugen“) ist eine Form des *Oralsex,* bei dem der *Penis* mit dem Mund stimuliert wird. Blasen bitte nicht wörtlich nehmen, der Penis ist kein Luftballon. Das Wichtigste dabei ist, dass du seinen kleinen Freund nur mit Lippen und Zunge und nicht mit den Zähnen bearbeitest. Für alle, die nicht genau wissen, wie's geht, hier ein paar Beispiele: Er sitzt oder liegt, du kniest zwischen seinen Schenkeln. Nun bildest du mit Daumen und Zeigefinger einen Ring und umschließt damit seinen Penis etwa auf Höhe des vorderen ersten Viertels. Nimm die Penisspitze in den Mund, lass die Lippen unter leichtem Saugen vor und zurück über die *Eichel* gleiten und unterstütze die Bewegung durch deine zum Ring geformten Finger. Die andere Hand sollte dabei den Penisschaft an der Wurzel umfassen. Sie kann aber auch seine *Hoden* streicheln oder sachte vom Körper wegziehen – die meisten Jungs mögen das. Besonders beliebt ist die Blowjob-

Der Geschmack von Sperma ist für viele nicht sehr angenehm. Ananas oder Kiwis können Abhilfe schaffen, denn der Verzehr dieser Früchte verpasst Sperma einen süßlichen Geschmack.

Variante, bei der man den kompletten Penis in den Mund nimmt. Diese Technik bedarf allerdings etwas Übung, denn wenn der Penis sehr lang ist, bekommt man dabei schnell einen Würgreiz. Ob du ihn in deinem Mund kommen lässt und sein *Sperma* schluckst oder nicht, ist allein deine Sache. Wenn du es nicht willst, ist das absolut okay. Weil er am besten weiß, wann es so weit ist, sollte er dich rechtzeitig warnen.
→ Sex-Praktiken

VON WEGEN …

… Spermaschlucken macht schwanger!

Das ist natürlich totaler Unsinn, da biologisch nicht möglich.

BLIND DATE //

Verabredungen zwischen Menschen, die sich noch nie begegnet sind, nennt man Blind Dates. Sie ergeben sich meistens übers Internet, sind furchtbar aufregend und manchmal enttäuschend, weil sich z. B. ein vermeintlicher Prinz als Frosch entpuppt. Treffen mit einem Unbekannten wollen gut überlegt sein, denn im Netz tummeln sich nicht nur Prinzen und Frösche, sondern auch zwielichtige Gestalten. Wenn dir der Typ im Web also mit schlüpfrigen Bemerkungen kommt, genau wissen will, wie du aussiehst oder gar intime Details abfragt, solltest du den Kontakt sofort abbrechen und die Angelegenheit dem Netzwerkbetreiber, deinen Eltern oder einem Lehrer melden. Verrate niemandem, den du online kennenlernst, auf Anhieb deine Adresse und Telefon-

nummer. Wenn du dich mit jemandem verabredest, sollten die Treffen immer tagsüber, an öffentlichen Plätzen stattfinden. Klingt, als wäre die Welt schlecht und grausam? Ist sie natürlich nicht, aber schwarze Schafe gibt's leider viele. Also genieße das Leben, aber sei clever!
→ Date

BLOWJOB // *→ Blasen*

BLÜMCHENSEX //

Besonders zärtlichen, verschmusten *Sex* nennt man Blümchen- oder auch Kuschelsex. *→ Geschlechtsverkehr*

BRUSTWARZEN //

fallen genetisch bedingt ganz unterschiedlich aus. Manche sitzen weiter oben, manche weiter unten, mal sind sie dunkel, mal hell. Es gibt Brustwarzen, die abstehen, andere sind eher flach. Sind sie etwas nach innen gerichtet, spricht man von Schlupfwarzen – die Ursache dafür sind oft verkürzte Milchkanäle. Schlupfwarzen sind weder schlimm noch eine Schande. Wer trotzdem nicht damit klarkommt, sollte das Gespräch mit seinem *Frauenarzt* suchen. Weil in den Brustwarzen viele Nerven enden, gehören sie zu den *erogenen Zonen.* *→ Busen*

BULIMIE //

oder Ess-Brech-Sucht. Bei dieser *Essstörung* werden in kurzer Zeit große Nahrungsmengen verschlungen und – um das Gewicht zu halten oder zu reduzieren – anschließend wieder erbrochen. Manche Bulimiker(innen) hungern gelegentlich, treiben übermäßig viel Sport oder greifen zu Medikamenten, die beim Abnehmen helfen sollen. Bulimie kann unter anderem zu Zahnschäden, Haarausfall und Entzündungen der Speiseröhre führen.

www.bulimie-online.de

BUSEN //

Die *Pubertät* verwandelt die Brust in eine Hügellandschaft. Oft entwickelt sich eine Seite schneller als die andere und auch ausgewachsene Brüste sind nicht immer gleich groß. Ob dein Busen weich oder straff, groß oder klein wird, ist eine Frage des Körperfettanteils und der Gene. Rein biologisch haben Brüste die Aufgabe, ein Baby mit Milch zu versorgen. Inoffiziell aber sind sie dazu da, der männlichen Spezies den Kopf zu verdrehen. Natürlich sind die Geschmäcker verschieden: Manche Jungs stehen auf die üppigen, runden, andere auf längliche, weiche oder kleine, spitze. Wichtig ist vor allem, dass du selbst deine Brüste magst. Mach dir keine Sorgen, wenn sie nicht aussehen wie die in den Modezeitschriften. Die wenigsten verfügen über solche Paradeexemplare und viele Models tragen Brustimplantate. Manche Forscher glauben, große Brüste seien weniger empfindsam als kleine, weil sich dort die Nervenenden über eine größere Fläche verteilen. Wie auch immer: Manche Brüste sind sehr sensibel und quittieren schon die kleinste Berührung mit Gänsehaut und erigierten Nippeln *(erogene Zonen),* manche zeigen kaum eine Reaktion. Alles total normal. Falls du vor und während deiner *Periode* ein Spannungsgefühl in den Brüsten hast, ist das kein Grund zur Sorge. Durch die hormonelle *(Hormone)* Umstellung sammelt sich Wasser im Bindegewebe des Busens, wodurch er vorübergehend anschwillt.

BUTT PLUG //

Darunter versteht man eine Art *Dildo,* der zur analen Befriedigung *(Analsex)* benutzt wird. Butt Plugs gibt es mit und ohne *Vibrator.* Um Schmerzen zu vermeiden, wird dieses *Sex-Spielzeug* meistens aus weicheren Materialien wie Silikon hergestellt.

COMING-OUT //

bezeichnet die Phase, in der sich jemand zur *Homosexualität* bekennt. Frauen, die Frauen lieben, sind lesbisch, ein homosexueller Mann ist schwul. Der Weg zum Coming-out beginnt häufig in der *Pubertät.* Wie steinig und weit er ist, hängt vor allem vom persönlichen Umfeld ab. Wer aufgeschlossene Eltern und Freunde hat, hat's gut – manche Homosexuellen behalten ihre Neigung ein Leben lang für sich, weil sie es nicht schaffen, sich über die gesellschaftlichen Erwartungen hinwegzusetzen.

CUNNILINGUS //

(Lateinisch *cunnus* „weibliche Scham" und *lingua* „Zunge") ist eine Form des *Oralsex,* bei dem die Schamlippen und der Kitzler *(Geschlechtsorgane)* mit der Zunge und den Lippen liebkost werden. Der Kitzler ist ganz besonders empfänglich für Berührungen. → *Sex-Praktiken*

„Mein Freund ist ganz versessen darauf, es mir mit der Zunge zu machen. Aber ich finde das nicht so toll. Er sagt sogar, ich sei zickig, wenn ich es nicht möchte. Aber wenn ich es doch nicht schön finde, muss er das akzeptieren."

Sophia, 17

»DEINE REBELLION DER SCHMETTERLINGE!«

D

DAS ERSTE MAL //

„Ich hatte mir das erste Mal viel leidenschaftlicher vorgestellt."

Frederike, 17

„Er liebkoste mich und zog mich langsam aus. Als er in mich eindrang, tat es überhaupt nicht weh. Er sagte mir, wie sehr er mich liebte. Das war ein wunderschöner Moment."

Maike, 16

„Ich war 13 und mein Freund 15. Wir wollten miteinander schlafen, aber es ging nicht, weil es bei mir so wehtat."

Janina, 18

Du bist über 16 und hast es noch nicht getan? Absolut okay, schließlich ist Erwachsenwerden kein Wettrennen und – auch wenn manche dir etwas anderes einreden wollen – es gibt keine Altersgrenze, bis zu der man es endlich getan haben sollte. Wenn du noch nicht so weit bist, musst du dich nicht dafür rechtfertigen. Dass du mit deiner Jungfräulichkeit *(Jungfrau)* nicht allein bist, beweist übrigens die „Dr. Sommer Studie – Liebe, Körper, Sexualität" von 2007, in der knapp 1500 Jugendliche zwischen 11 und 17 Jahren danach gefragt wurden, wann sie es zum ersten Mal getan haben. Das beruhigende Ergebnis: 73 % der Mädchen wurden mit 17 Jahren entjungfert. Du kannst dich also entspannt zurücklehnen. Nur wenn du *Lust* aufs Miteinanderschlafen hast, klappt es auch. Bist du angespannt, verkrampft sich deine Vagina und wird vielleicht nicht weit und feucht genug, um den *Penis* aufzunehmen.

→ *Geschlechtsverkehr*

Hier ein paar wichtige Tipps für ein gelungenes erstes Mal:

Sorgt rechtzeitig für ausreichende *Verhütung* und praktiziert *Safer Sex.*

Sei wählerisch, dein Partner sollte dich wirklich gern haben. Bester Beweis: Er möchte zwar mit dir schlafen, drängt dich aber nicht dazu. Und: Er denkt auch in Sachen Verhütung mit, besorgt zum Beispiel die *Kondome,* weiß, wie man damit umgeht, und benutzt sie ohne Aufforderung.

Nehmt euch Zeit, erst die richtige Stimmung macht guten *Sex.*

VON WEGEN …

… beim ersten Mal kannst du nicht schwanger werden.

Sobald du deine Periode bekommst, in deinem Körper also ein befruchtungsfähiges Eier heranreift, ist eine Schwangerschaft möglich. Dies kann auch schon vor der ersten Regel der Fall sein.

Der Ort sollte gut gewählt sein. Ideal ist ein Platz, an dem ihr euch wohlfühlt und ungestört seid.

Erwarte nicht zu viel. Möglich, dass du im Moment der Penetration einen leichten Schmerz empfindest, dass er sofort zum *Orgasmus* kommt und du gar nichts fühlst. Keine Sorge. Genauso wie beim *Küssen* oder Radfahren gilt auch beim Sex: Übung macht den Meister!

DATE //

Englisches und natürlich viel cooleres Wort für Verabredung. → *Blind Date*

TIPPS FÜRS ERSTE DATE:

Zieh Klamotten an, in denen du dich wohlfühlst.

Zeig Interesse an dem, was dein Schwarm erzählt, vielleicht durch Nicken und Nachfragen. Schau ihm dabei in die Augen.

Quatsch deinem Schwarm keine Kartoffel ans Ohr, aber quetsch ihn auch nicht aus. Die Mischung macht's.

DEKOLLETÉ //

Darunter versteht man den Halsausschnitt bei Frauenkleidung, der, je nach Größe, *Busen* und Rücken mehr oder weniger in Szene setzt. Manche Ausschnittformen schmeicheln der Figur, andere wirken unvorteilhaft: V-Ausschnitte zum Beispiel lassen Hals und Oberkörper länger und schlanker erscheinen. Große Brüste wirken in großzügigen Dekolletés weniger wuchtig, in hochgeschlossenen Tops und Shirts sehen sie noch üppiger aus. Wickel-

Ausschnitte machen jeden Busen zum Blickfang und zaubern eine schlanke Taille. Mit einem U-Boot-Ausschnitt lassen sich breitere Hüften optisch ausgleichen.

DESSOUS //

(Französisch für „darunter") Eleganter Ausdruck für verführerische (Spitzen-) Unterwäsche. Besonders gewagt geschnittene Modelle werden auch als Reizwäsche bezeichnet. Zart und manchmal transparent sind Dessous die aufregendste Art, *Busen* und Po zu betonen.

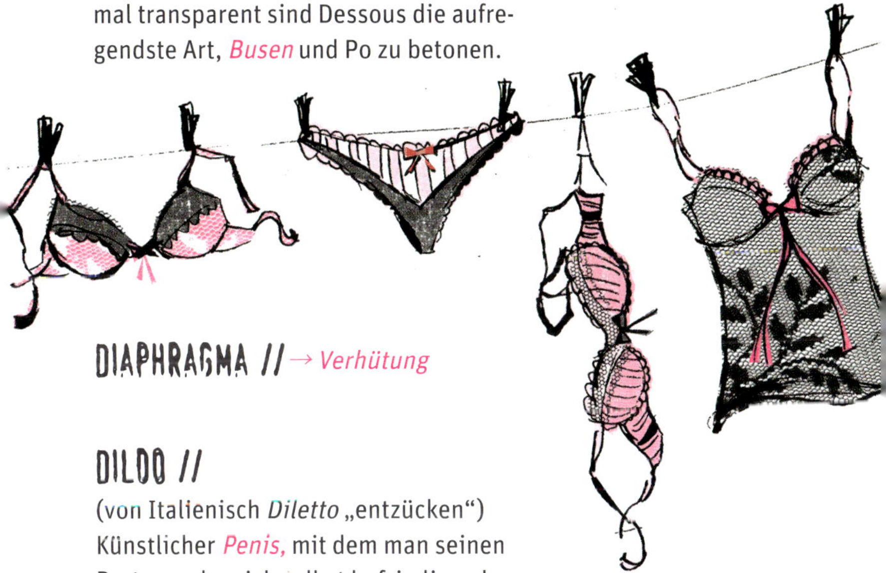

DIAPHRAGMA // → *Verhütung*

DILDO //

(von Italienisch *Diletto* „entzücken") Künstlicher *Penis,* mit dem man seinen Partner oder sich selbst befriedigen kann *(Selbstbefriedigung).* Dildos gibt es in allen möglichen Formen, Farben und Materialien, manche sind stocksteif, andere superelastisch. Sogenannte Strap-ons sind Dildos zum Umschnallen, die besonders von Frauen benutzt werden, um damit andere Frauen oder Männer zu penetrieren. Dildoähnliches Sex-Spielzeug gab es schon in der Antike. Vor rund 2000 Jahren experimentierten die Ägypter mit Ton-Dildos, im alten China waren Porzellan-Modelle angesagt. Heute sind Dildos idealerweise aus Acrylglas, Alu, Edelstahl, Glas, Granit, Ahornholz, Silikon oder Naturlatex. Dildos sollten nach Gebrauch gründlich gereinigt und beim gemeinsamen Gebrauch vorsichtshalber mit einem *Kondom* versehen werden.

DIRTY TALK //

ist dazu gedacht, sich beim *Sex* gegenseitig heißzumachen. Auf Deutsch bedeutet Dirty Talk „schmutziges Gerede“. Wie schmutzig es sein darf, hängt von den Sexpartnern ab, denn nicht jeder verträgt das gleiche Maß an Wortgewalt. Verbalerotik ist Übungssache. Wer will, kann Schamschwellen mit Trockenübungen überwinden. Überleg dir, was dich beim Sex besonders scharfmacht, und formuliere Sätze, die du laut vor dich hin sprichst.

Wichtig ist, dass du dich beim Dirty Talk nicht verbiegst und eine Sprache findest, die zu dir passt.

So vorbereitet, geht Dirty Talk beim Tête-à-Tête gleich viel leichter über die Lippen. → *Telefonsex*

DOMINA //

(Lateinisch für „Herrin“) Manche Männer finden es erregend, wenn sie von einer Frau erniedrigt, also zum Beispiel geschlagen oder ausgepeitscht werden. Eine Domina tut ihnen den Gefallen – lässt sich dafür aber bezahlen. Wie weit die Erniedrigungen gehen, hängt vom Wunsch des Kunden ab. Den Schmerz, den er dabei erfährt, empfindet er als lustvoll. → *Lustschmerz*

E

EICHEL //

nennt man den vorderen verdickten Teil des *Penis.* Bei einem schlaffen, unbeschnittenen Glied wird sie ganz oder teilweise von der *Vorhaut* bedeckt *(Beschneidung).* Im Falle einer *Erektion* flutscht die Vorhaut zurück und legt die Eichel frei. Weil sie besonders berührungsempfindlich ist, gehört die Eichel zu den *erogenen Zonen.* → *Geschlechtsorgane*

EIFERSUCHT //

„Manchmal muss ich mich ganz schön zusammenreißen, ich will dann nicht, dass jemand merkt, dass ich eifersüchtig bin. Aber wenn ich mich nicht gut fühle, dann finde ich jede andere schöner."

Konstanze, 15

Total normal, dass es dir einen kleinen Stich versetzt, wenn dein Liebster mit der hübschen Kellnerin flirtet. In einem gewissen Maß gehört Eifersucht zur *Liebe,* schließlich steckt dahinter die Angst, den anderen zu verlieren, und das ist menschlich. Gerät deine Eifersucht aber außer Kontrolle, siehst du in jedem attraktiven Mädel eine Konkurrentin, schnüffelst du deinem Partner hinterher oder machst ihm eine Szene, sobald er mit einer anderen Frau redet, hast du offensichtlich ein kleines Ego-Problem. Übertriebene Eifersucht ist nämlich meistens ein Zeichen für mangelndes Selbstbewusstsein. Was du dagegen tun kannst? Versuch herauszubekommen, warum du eifersüchtig bist. Findest du dich nicht hübsch, schlank, schlau, sportlich oder witzig genug? Überprüfe deine Wahrnehmung: Sind die anderen wirklich immer attraktiver oder schlagfertiger als du, oder bist du mit dir vielleicht ein bisschen zu streng? Fixier dich nicht auf deine Partnerschaft. Such dir Hobbys, die Spaß machen und dein Selbstwertgefühl stärken. Und: Sprich mit deinem Freund über deine Gefühle. Wenn er dich wirklich gern hat, wird er versuchen dir zu helfen und deine Ängste abzubauen. Falls du deine Eifersucht trotzdem nicht in den Griff bekommst, solltest du dir fachkundigen Rat bei einer psychologischen Beratungsstelle holen (Adressen im Anhang). Manchmal liegen die Gründe für Eifersuchtsgefühle nämlich auch ganz woanders, zum Beispiel in frühen Kindheitserlebnissen. Nachforschen lohnt sich in jedem Fall, schließlich geht es um dein Liebesglück!

„Eifersucht gehört für mich zu einer Beziehung einfach dazu. Sie ist ein Beweis von Zuneigung und zeigt, dass man Angst hat, eine geliebte Person zu verlieren. Ich denke, man sollte seine Eifersucht nicht bekämpfen und lernen mit ihr umzugehen."

Stella, 16

EJAKULATION // → *Samenerguss*

ENTJUNGFERUNG // → *Das erste Mal*

ERektion //

Sind Jungs sexuell erregt, ist das nicht zu übersehen, denn sie bekommen eine Erektion (Lateinisch für „Aufrichtung“). Im Klartext heißt das: Die Schwellkörper ihres *Penis* füllen sich mit Blut und richten ihn auf. Im erigierten Stadium ist ein Penis im Schnitt 2- bis 4-mal so lang und 1- bis 3-mal so dick wie im Normalzustand. Sinn und Zweck einer Erektion ist, dass der Penis beim *Geschlechtsverkehr* besser in die Vagina *(Geschlechtsorgane)* eindringen kann. Normalerweise hält sich eine Erektion bis zum *Samenerguss,* danach schlafft das Glied ab. Aller *Lust* zum Trotz kann eine Erektion auch mal ausbleiben oder zu schwach sein, um den Geschlechtsakt durchzuziehen. Oft liegt es daran, dass der Junge gestresst ist, vielleicht aus Nervosität oder weil er seine Sache gut machen will. Vielleicht hat er auch einfach zu wenig Erfahrung. Wie auch immer: Funktioniert sein kleiner Freund nicht, ist ihm das superpeinlich. Wenn du die Situation retten willst, sei verständnisvoll und nimm ihm den Druck, indem du ihm versicherst, dass es dir nichts ausmacht. Wer weiß, vielleicht kommt er dann ja doch noch auf Touren.

Erogene Zonen //

Körperpartien, die Streicheleinheiten mit sexueller Erregung *(Lust)* quittieren, nennt man erogene Zonen. Das können die Achselhöhlen, die *Brustwarzen,* die Schenkelinnenseiten, die Ohren, der Nacken oder die Füße sein. Bei Mädchen zählen außerdem die Klitoris, auch Kitzler genannt, und der *G-Punkt* dazu. Jungs sind vor allem an *Penis* und *Hoden* sensibel. Wie stark man auf Berührungen anspricht, hängt von der Tagesform ab, außerdem ist nicht jeder Mensch überall gleichermaßen empfindlich. Wo deine persönlichen erogenen Zonen liegen, findest du am besten durch *Selbstbefriedigung* und *Petting* heraus.

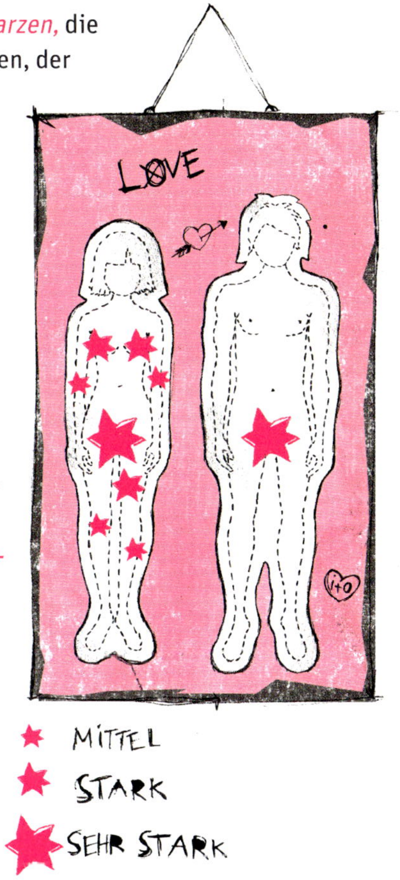

EROTIK //

Der Begriff stammt vom griechischen Wort *Eros* ab, was auf Deutsch *Liebe* bedeutet. Erotik entsteht, wenn *Sex* in der Luft liegt, und wird vor allem durch Körpersprache angeheizt. Auch Kerzenlicht und sanfte Musik beflügeln die Erotik.

ERREGUNG // → *Lust*

ERSTE LIEBE //

Egal ob du noch sehnsüchtig darauf wartest oder sie bereits hinter dir hast: Die erste Liebe ist immer etwas ganz Besonderes. Mit ihr beginnt eine aufregende Zeit voller neuer Erfahrungen. → *Liebe*

ESSSTÖRUNGEN //

In der *Pubertät* beginnt der Körper sich zu verändern, wächst in die Höhe, aber auch in die Breite. Mädchen bekommen einen *Busen* und rundere Hüften und das macht manchmal Angst. Weil obendrein das aktuelle Schönheitsideal Frauen mit Untergewicht propagiert, ist es für viele schwer, zu ihren Rundungen zu stehen. Das Ende vom Lied können Essstörungen sein wie *Magersucht, Bulimie* und *Binge Eating.* Neben optischen Beweggründen spielt auch die Angst vorm Erwachsenwerden eine Rolle. Manchmal liegt die Ursache aber auch in der Familie. Vielleicht stehst du zu Hause unter hohem Leistungsdruck oder kannst nicht offen über deine Probleme reden. Wie auch immer: Essstörungen sind eine Sackgasse. Denn wer ständig hungert, müde und geschwächt ist, wird irgendwann ungesellig und krank. Auch Übergewicht beeinträchtigt die Lebensfreude. Ist doch blöd, wenn sich alle im Bikini am Baggersee tummeln, und du sitzt aus Scham allein in deinem Zimmer. Wenn du das Gefühl hast, an einer Essstörung zu leiden, oder dich permanent mit Essen und Abnehmen beschäftigst, solltest du dir unbedingt helfen lassen. Mittlerweile gibt es überall Beratungsstellen, wo fachkundige Leute sitzen, die dir mit viel Verständnis zur Seite stehen. Magersüchtige empfinden sich selbst meistens nicht als krank. Wenn du eine magersüchtige Freundin hast und ihr helfen willst, wende dich am besten zuerst an eine Beratungsstelle. Dort wird man dir sagen, was du tun kannst.

„Wenn ich was gegessen habe, fühle ich mich immer ganz schlecht. Dann würde ich am liebsten nie wieder was essen."

Tanja, 15

Cinderella, 089 501212, www.cinderella-rat-bei-essstoerungen.de

Dick und Dünn, 030 8544994, www.dick-und-duenn-berlin.de

EXHIBITIONIST //

Wenn jemand es erregend findet, sich nackt zu zeigen oder beim *Sex* beobachtet zu werden, ist er ein Exhibitionist. Solltest du dich durch ihn belästigt fühlen, macht er sich strafbar. Das Gegenteil vom Exhibitionist ist der *Voyeur.*

»DON'T CRY BECAUSE IT'S OVER – SMILE BECAUSE IT HAPPENED!«

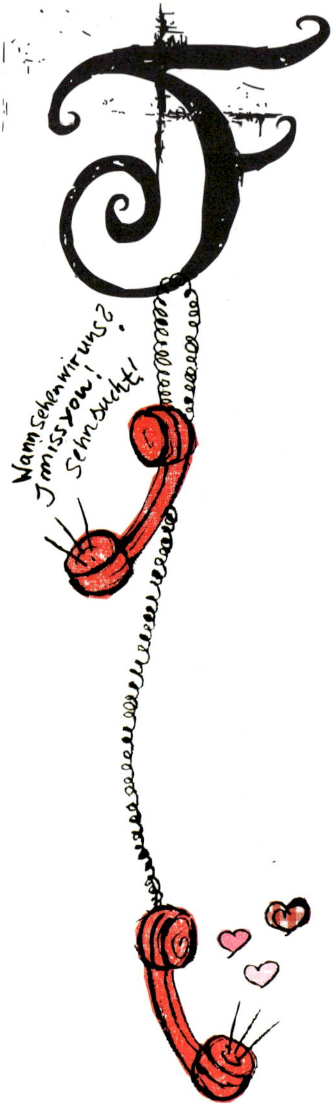

FELLATIO // → *Blasen*

FEMME FATALE //

(Französisch für „verhängnisvolle Frau“) Als Femme fatale bezeichnet man eine reife, sexuell aufgeschlossene Frau mit starker erotischer Ausstrahlung *(Erotik).* Die Femme fatale weiß, wie man Männer um den Finger wickelt. Ihr Reiz liegt nicht unbedingt in ihrer tollen Figur, sondern vielmehr in ihrem *Sex-Appeal.* Sie weiß, was sie will und was sie zu bieten hat. Und das wirkt verführerisch.

FERNBEZIEHUNG //

Wenn du und dein Liebster in verschiedenen Städten oder Ländern lebt, spricht man von einer Fernbeziehung. Menschen, die diese Art von *Beziehung* führen, sehen sich oft nur an den Wochenenden. Auf Dauer kann das ganz schön nerven, schließlich möchten viele ihren Schatz am liebsten jeden Tag um sich haben. Andererseits schürt eine Fernbeziehung die

Sehnsucht, was durchaus prickelnd sein kann. Manchmal funktionieren Fernbeziehungen auch besonders gut, weil die tägliche Routine entfällt, die manch andere Partnerschaft belastet.

FESTER FREUND // → *Beziehung*

FETISCH //

Gegenstände, denen positive, zum Teil magische Kräfte zugesprochen werden, bezeichnet man als Fetische. Wer sie verehrt, ist ein Fetischist. Manche Fetischisten sind auf ganz bestimmte Köperteile oder Kleidungsstücke fixiert, weil ihr Anblick sie erregt. Solche Sex-Fetische können Füße und Brüste sein, aber auch *Reizwäsche* wie Netzstrümpfe oder Spitzenhöschen.

FEUCHTE TRÄUME //

In der *Pubertät* beginnen die *Hoden* mit der Samenproduktion. Sie läuft rund um die Uhr und wenn Jungs noch keinen *Sex* haben, staut sich da ganz schön was an. Um Platz für neues Sperma zu schaffen, kommt es zum nächtlichen *Samenerguss,* der aber nicht unbedingt von erotischen Fantasien begleitet wird. Trotzdem bezeichnet man dieses Ereignis umgangssprachlich als feuchten Traum.

FLIRT //

Ein lang anhaltender Blick, ein vielsagendes Lächeln, ein Kompliment – wer flirtet, sendet Signale, die dem anderen mitteilen sollen: Ich finde dich sexy, du gefällst mir! Flirts sind oft spontan und unverbindlich. Das heißt, sie haben nicht immer mit ernsthaftem Interesse zu tun. Manchmal entwickelt sich aus einem Flirt eine heiße Bettgeschichte oder eine *Beziehung.* Häufig bleibt es allerdings beim harmlosen, aber aufregenden Austausch von Blicken, Gesten, Neckereien oder charmanten Bemerkungen.

FLIRT-TIPPS:

Sei ehrlich und versuch deine Schwächen auf witzige Art zu beschreiben.

Das Gespräch gerät ins Stocken – nichts ist peinlicher! Versuche langweilige Fragen wie „Und, was hast du für Hobbys?“ zu vermeiden. Besser: „Wow, schmeckt das Eis gut, fast so wie in Italien. Warst du auch schon mal dort?“

FLOTTER DREIER //

(auf Französisch *ménage à trois*) bedeutet *Sex* zu dritt, sowohl abwechselnd zu zweit als auch gleichzeitig im Trio.
→ *Gruppensex*

FRANZÖSISCH //

Umgangssprachliche Bezeichnung für *Oralsex.*

FRAUENARZT //

Spezialist für Frauenheilkunde (Gynäkologe) und ein Schreckgespenst für viele, die noch nicht bei ihm waren. Die gute Nachricht: alles halb so wild! Empfohlen wird ein Besuch beim Frauenarzt vor dem ersten *Geschlechtsverkehr.* Bei einer allgemeinen Beratung, auch ohne Untersuchung, kann z. B. über mögliche Impfungen gesprochen werden. Ob du alleine oder in Begleitung hingehst, ist deine Sache.

Bei deinem ersten Besuch in der Praxis solltest du dir den Arzt genau anschauen und prüfen, ob du Vertrauen zu ihm fassen kannst.

Notwendig wird ein Besuch beim Frauenarzt, wenn:

- ★ du sehr starken, übel riechenden oder gelblich-grünlichen Ausfluss hast.
- ★ sich deine Scheide *(Geschlechtsorgane)* rötet, juckt oder brennt.
- ★ du Schmerzen beim Pinkeln hast.
- ★ du 16 bist und noch keine *Periode* hast.
- ★ du Probleme mit der Periode hast, also

bei Zwischenblutungen, starken Menstruationsschmerzen oder wenn die Regel in sehr kurzen oder zu langen Abständen kommt.

- deine Periode ausbleibt und/oder du glaubst, schwanger *(Schwangerschaft)* zu sein.
- du Schmerzen im Unterbauch hast.
- du Fragen zur körperlichen Entwicklung, *Sex* oder *Verhütung* hast.
- wenn du ein verschreibungspflichtiges Verhütungsmittel, z. B. die Pille, haben möchtest.

Wenn du dir vor deinem ersten Besuch beim Frauenarzt aufschreibst, was du wissen willst, vergisst du nichts und dein Arzt kann dich besser beraten.

Adressen von Frauenärzten stehen in den Gelben Seiten unter der Rubrik „Ärzte“, Stichwort „Frauenheilkunde“. Wer beim ersten Mal nichts dem Zufall überlassen will, kann bei seiner Mutter, seinen Freundinnen oder Bekannten Empfehlungen einholen. Einen guten Gynäkologen erkennst du zum Beispiel daran, ob er sich Zeit für dich nimmt und deine Fragen geduldig beantwortet. Manche Praxen bieten spezielle Teenager-Sprechstunden an, wo du dich unverbindlich informieren kannst und außerdem die Gelegenheit hast, den gynäkologischen Stuhl genauer unter die Lupe zu nehmen. Beim ersten Besuch wirst du wahrscheinlich gefragt, wann du deine erste Blutung hattest, wann die letzte war und ob deine Periode regelmäßig kommt. Außerdem wird man wissen wollen, ob du Medikamente einnimmst, welche Krankheiten (auch Kinderkrankheiten) du bereits hinter dir hast, ob du am Unterleib operiert wurdest und ob deine Eltern schon mal eine schwere Krankheit hatten. Vielleicht fragt man auch nach deinem Impfausweis. Auf den Stuhl geht es normalerweise, wenn du Beschwerden hast, bereits Sex hattest oder ein verschreibungspflichtiges Verhütungsmittel willst. Für die Untersuchung musst du deinen Slip ausziehen. Wenn du dich „unten ohne" nackt fühlst, komm vorsorglich im XL-Pulli. Der Arzt wird dich bitten, mit dem Becken etwas vorzurutschen und die Beine in die rechts und links vom Stuhl angebrachten Stützen zu legen. Diese Position ist natürlich ungewohnt und vielleicht ist es dir peinlich, vor einem wildfremden Menschen so dazuliegen. Für den Arzt ist diese Situation allerdings Routine, er macht das x-mal am Tag und sieht das Ganze rein medizinisch. Bleib also locker, atme tief durch, denn so ist die Untersuchung gleich viel angenehmer. Zuerst benutzt der Arzt das sogenannte Spekulum, ein Metallinstrument, das er in die Vagina einführt, um sie leicht zu weiten. Mit einem Vergrößerungsglas sieht er nach, ob Muttermund und Gebärmutterhals gesund sind. Anschließend macht er mit einem Wattetupfer einen Abstrich. Die dabei aufgenommenen Sekrete werden unter dem Mikroskop auf Entzündungen gecheckt. Anschließend

2007 wurde der Impfstoff zur Vorbeugung gegen Gebärmutterhalskrebs zugelassen. Einige Krankenkassen übernehmen die Kosten für diese Impfung für 11- bis 18-jährige Mädchen. Eine Impfung ist in der Regel nur empfehlenswert vor der ersten Periode und dem ersten Geschlechtsverkehr. Sprich mit deinem Frauenarzt darüber, er kann dich ausführlich beraten.

www.hpv-impfung.net

untersucht er die inneren Geschlechtsorgane. Dazu führt er zwei Finger in die Vagina ein und tastet mit der anderen Hand den Unterbauch ab, was sich zwar komisch anfühlt, aber nicht wehtut. Das Ganze dauert nur wenige Minuten, danach kannst du den Stuhl verlassen und dich wieder anziehen. Als Nächstes kommt die Brustuntersuchung. Der Arzt tastet den *Busen* ab und untersucht ihn dabei auf eventuelle Knötchen und Verhärtungen. Um Brustkrebs frühzeitig zu erkennen, solltest du deinen Busen einmal im Monat selbst untersuchen, idealerweise direkt nach der *Periode.* Am besten fragst du einfach mal nach, wie das geht. Abschließend bespricht der Arzt mit dir die Untersuchungsergebnisse und klärt, bei Bedarf, die Verhütungsfrage.

FREMDGEHEN // → *Betrügen*

www.frauenarzt-infos.de/Sprechstunde/teenager.htm

FREUDENHAUS //

ist eine staatliche oder private Einrichtung, in der *Prostituierte* sexuelle Dienstleistungen anbieten. Andere Begriffe dafür sind Puff und Bordell.

FREUDENTROPFEN // → *Lusttropfen*

FRIGIDE //

(Französisch für „kühl“ oder „kalt“) Abwertender Ausdruck für Frauen, die wenig oder null Bock auf *Sex* haben und die auch bei Berührung ihrer *erogenen Zonen* eher cool bleiben. Angeblich leiden etwa 35 % aller Frauen irgendwann einmal an Lustlosigkeit, was sich meistens wieder gibt. Ursache für die mangelnde *Libido* können psychische Probleme, Nebenwirkungen bestimmter Medikamente oder Durchblutungsstörungen sein. Aber auch unsensible Jungs oder überholte Moralvorstellungen nach dem Motto „Das tut ein anständiges Mädchen nicht“ sind Gift für die Leidenschaft. Generell gilt: Nicht jede Frau ist gleichermaßen scharf auf Sex. Die eine will es immer und überall, die andere braucht dafür den richtigen Ort und eine bestimmte Atmosphäre. Auch ein entspanntes Verhältnis zum eigenen Körper und *Selbstbefriedigung* können das Liebesleben bereichern.

FRUCHTBARE TAGE //

Wenn du bereits deine *Periode* hast, lassen deine Eierstöcke *(Geschlechtsorgane)* einmal im Monat (etwa 12 bis 16 Tage vor deiner Periode) eine Eizelle springen. Manche Mädels werden durch bestimmte körperliche Reaktionen auf ihren Eisprung aufmerksam. Anzeichen können z. B. empfindlichere Brüste, Zwischen-

Im Internet findest du diverse Rechner, mit denen du deine fruchtbaren Tage bestimmen kannst, z. B. unter: **www.amenita.de/ eisprungkalender.com**

blutungen oder mehr Lust auf Sex sein. Andere spüren ihren Eisprung überhaupt nicht.
Wie auch immer: Nach dem Eisprung kann das Ei etwa 24 Stunden lang von einer Samenzelle befruchtet werden *(Schwangerschaft).* Wenn du kurz vor dem Eisprung *Geschlechtsverkehr* hattest, kann es sein, dass sich bereits Samenzellen in deinem Körper tummeln. Weil sie dort einige Tage überleben können, geht man von ungefähr 7 fruchtbaren Tagen aus. Das Wissen um diese Tage kann auch als Form der *Verhütung* angesehen werden, allerdings ist diese Methode sehr unsicher und überhaupt nicht empfehlenswert.

GUT ZU WISSEN!

Es ist möglich, dass du vor deiner ersten Periode schwanger wirst! Und zwar deshalb, weil der Eisprung circa 14 Tage vor Beginn deiner Blutung erfolgt und du ab diesem Moment fruchtbar bist. Da man nicht vorhersehen kann, wann die erste Regel einsetzt, unbedingt bei jedem Geschlechtsverkehr verhüten.

FUMMELN // → *Petting*

GANGBANG //

Wenn mehrere Männer mit einer einzigen Frau *Sex* haben, spricht man von einem Gangbang (von Englisch *gang* „Gruppe" und *bang* vulgär für *„Geschlechtsverkehr* haben") → *Gruppensex*

GEIL //

Kaum zu glauben, aber dieses Wort gibt es bereits seit dem 8. Jahrhundert. Damals stand es für „übermütig" oder „überheblich". Seit dem 15. Jahrhundert versteht man unter Geilheit auch sexuelle Begierde, was dazu führte, dass der Begriff einen vulgären Beigeschmack bekam. Heute finden wir alles geil, was uns erregt oder uns besonders gut gefällt.

GESCHLECHTSKRANKHEITEN //

Sammelbegriff für sexuell übertragbare Krankheiten, also Krankheiten, die du dir einfangen kannst, wenn du *Sex* mit jemandem hast, der bereits infiziert ist. Manche Krankheiten bleiben lange unentdeckt, weil sie kaum Beschwerden verursachen, und werden so fröhlich weitergegeben. Vor anderen kannst du dich mit *Kondomen* schützen, allerdings können die auch mal reißen und darum ist es besser, nur mit Jungs zu schlafen, die du gut kennst. Auch häufige Partnerwechsel erhöhen die Gefahr einer Infektion. Dummerweise gibt es sogar Krankheiten, die sich bereits durch Hautkontakt übertragen – zum Glück sind das aber die von der weniger dramatischen Sorte. Hier ein Überblick über die bekanntesten Krankheiten, zu denen auch die tödliche Viruserkrankung *Aids* gehört.

Feigwarzen

sind schmerzlose Genitalwarzen, die vom sogenannten humanen Papillom-Virus (HPV) übertragen werden. Eine Infektion kann vereinzelt zu Gebärmutterhalskrebs führen. Es gibt eine Menge unterschiedlicher HP-Viren, nicht alle werden durch Sex übertragen oder verursachen Feigwarzen. Es ist also möglich, dass jemand infiziert ist, obwohl er keine Warzen hat. Weil Kondome als Schutz nicht ausreichen, gibt es in Deutschland mittlerweile Impfstoffe, mit denen man einer HPV-Infektion vorbeugen kann. Wer sich schon vor seinem ersten *Geschlechtsverkehr* behandeln lässt, ist auf der sicheren Seite. Wenn du dich bereits angesteckt hast, nutzt die Impfung nichts mehr, was aber noch lange nicht heißt, dass du deswegen Krebs bekommst. Trotzdem ist es natürlich clever, sobald du Sex hast, einmal pro Jahr zur Vorsorgeuntersuchung zu gehen. Auch Jungs sind HPV-Überträger und sollten sich impfen lassen. Als netter Nebeneffekt schützt der Impfstoff vor den besagten Feigwarzen, die sonst entweder mit Medikamenten behandelt oder operativ entfernt werden müssen.

Hepatitis B

Leberentzündung, die durch Hepatitis-B-Viren (HBV) verursacht wird. HB-Viren befinden sich in Samen- und Scheidenflüssigkeit, aber auch in Speichel, Urin und Blut. Ein guter Grund, beim Piercen *(Piercing)* oder Tätowieren auf absolute Hygiene zu achten. Die klassischen Hepatitis-B-Symptome wie Abgeschlagenheit und Gliederschmerzen treten 1 bis 6 Monate nach der Infektion auf. Etwa 90 % der Erkrankten werden wieder gesund. Unbehandelt wird die Hepatitis allerdings chronisch und kann zu schweren Lebererkrankungen wie Leberzirrhose und Leberkrebs führen. Den besten Schutz vor Hepatitis B bietet eine Impfung. Sie wird bei Säuglingen und Jugendlichen zwischen dem 9. und 18. Lebensjahr empfohlen und in diesem Fall von den Krankenkassen bezahlt.

Herpes genitalis

Virus-Krankheit, bei der sich am und im Genitalbereich kleine, schmerzende Bläschen bilden. Genitalherpes überträgt sich durch Hautkontakt und damit durch jegliche Form von Geschlechtsverkehr. Neben brennenden Schmerzen im Genitalbereich kommt es dabei manchmal zu grippeartigen Beschwerden wie Kopfschmerzen und Fieber. Mit dem Abklingen der Krankheit ist die Gefahr leider nicht gebannt, denn das Virus schlummert im Körper und geht meistens irgendwann wieder zum Angriff über. Wer Genitalherpes hat, sollte komplett auf Sex verzichten und sich zusammen mit seinem Partner behandeln lassen. Übrigens: Auch Lippenherpes kann Genitalherpes verursachen, nämlich dann, wenn eine infizierte Person eine andere oral befriedigt *(Oralsex).*

Chlamydien-Infektion

Wird durch Bakterien übertragen und ist in Deutschland eine der häufigsten Ursachen für Unfruchtbarkeit. Chlamydien holt man sich meistens beim Vaginal-, Oral- oder *Analsex.* Die Symptome bei Mädels wie Jungs sind Brennen beim Wasserlassen und/oder eitrig-schleimiger Ausfluss. Bei Frauen können außerdem Unterleibsschmerzen, Blutungsstörungen und Beschwerden beim Sex auftreten. Chlamydien-Infekte werden gerne verschleppt, weil die Symptome oft nur schwach sind. Beim leisesten Verdacht also sofort ab zum Arzt. Wird die Krankheit nicht behandelt, verkleben und vernarben die inneren *Geschlechtsorgane,* was zu Eileiterschwangerschaften und, wie gesagt, Unfruchtbarkeit führen kann. Babys, die sich bei der Geburt anstecken, drohen Lungen- und schwere Augenschäden. Obendrein erhöht sich die Wahrscheinlichkeit einer Aids-Infektion, weil gereizte Schleimhäute besonders infektanfällig sind. Behandelt werden Chlamydien meist mit Antibiotika, auch der Partner sollte mitmachen. Während der Behandlung ist ungeschützter Geschlechtsverkehr tabu.

Syphilis

Bakterielle Infektion, die durch ungeschützten Geschlechtsverkehr aller Art weitergegeben wird. Früher war die Syphilis (auch „harter Schanker“ oder „Franzosenkrankheit“ genannt) ein Todesurteil, dank *Safer Sex* und der Entdeckung des Antibiotikums hat sich das zum Glück geändert. Bei einer Syphilis bildet sich zunächst ein schmerzloses Geschwür – und zwar genau dort, wo die Bakterie in die Haut oder Schleimhaut eingedrungen ist. Wird sie nicht behandelt, folgen grippeähnliche Beschwerden, Lymphknotenschwellungen und Hautausschläge, manchen Betroffenen fallen auch die Haare aus. Später breitet sich der Erreger auf die inneren Organe aus, es entstehen Knoten und Geschwüre, zum Schluss kommt es unter anderem zu Nervenschäden und Lähmungen. Je eher eine Syphilis behandelt wird, umso besser. Bis der Patient vollständig geheilt ist, ist Sex gestrichen. Auch der Partner sollte medizinisch versorgt werden.

Tripper

(Medizinischer Fachausdruck: Gonorrhoe) Durch Bakterien verursachte Krankheit, die oft durch Geschlechtsverkehr, manchmal aber auch indirekt über die Hände oder *Sex-Spielzeug* weitergegeben wird. 2 bis 5 Tage nach der Infektion kann es zu eitrigem gelbgrünem Ausfluss aus Scheide oder *Penis* und zu Beschwerden beim Wasserlassen kommen. Bei Frauen sind außerdem Schmierblutungen möglich. Manchmal äußert sich Tripper auch durch Darmausfluss, Halsschmerzen oder gerötete Augen. Wird die Krankheit sich selbst überlassen, kann sie unter anderem zu Unfruchtbarkeit führen. Babys infizierter Frauen können sich bei der Geburt anstecken und erblinden. Glücklicherweise lässt sich Tripper heute mit Antibiotika heilen, allerdings haben etwa 50 % der betroffenen Frauen keine Beschwerden, was eine rechtzeitige Behandlung erschwert.

Candiose

Hefe- oder Candida-Pilze sind ein natürlicher Bestandteil unseres Körpers. Unter bestimmten Bedingungen (u. a. bei Stress, allgemeiner Abwehrschwäche oder bei Einnahme spezieller Medikamente) beginnen sie sich stark zu vermehren und so den Genitalbereich zu reizen. Die Folgen sind eine gerötete, juckende Scheide, bröckeliger, quarkähnlicher Ausfluss und Schmerzen beim Sex. Vorbeugen kann man, indem man beim Waschen ph-neutrale Produkte verwendet, denn normale Seife schädigt das saure Scheidenmilieu, das dazu da ist, Krankheitserreger abzuwehren. Auch kunststoffbeschichtete Slipeinlagen und enge Klamotten aus Kunstfasern begünstigen den Pilz-Alarm, denn sie sorgen für feuchtwarmes Klima, in dem sich die Erreger pudelwohl fühlen. Wer sich beim Toilettengang von hinten nach vorne abwischt, ist ebenfalls gefährdet, weil er damit Pilze aus dem Darm in die Vagina transportiert. *Pilzinfektionen* werden medikamentös behandelt. Bis die Candiose geheilt ist, solltest du ein Kondom benutzen und auf Oralsex verzichten. Hat es deinen Schatz bereits erwischt, muss er mitbehandelt werden.

Filzläuse

Die gerne als „Sackratten" bezeichneten Parasiten fühlen sich im menschlichen

Schamhaar am wohlsten. Übertragen werden sie unter anderem durch Körperkontakt, Handtücher oder Bettzeug. Dass du welche beherbergst, merkst du daran, dass ihre Bisse zwischen den Schenkeln jucken. Filzläuse sind zwar harmlos, aber ziemlich unangenehm und außerdem übertragbar – also lieber behandeln lassen. Weiteres Muss: eine gründliche Reinigung aller Klamotten, die du seit der Lausattacke getragen hast.

Trichomoniasis

Verantwortlich für diese Krankheit ist ein kleines Geißeltierchen, das sich durch Geschlechtsverkehr, gemeinsam benutzte Handtücher oder andere Gegenstände (Sex-Spielzeug) überträgt. Symptome bei der Frau sind Juckreiz und Brennen der Scheide und schaumiger, unangenehm riechender Ausfluss. Bei Männern machen sich die Einzeller gar nicht oder durch Schmerzen beim Pinkeln bemerkbar. Trichomoniasis rückt man mit Antibiotika zu Leibe. Partnerbehandlung ist Pflicht.

GESCHLECHTSORGANE //

sind in erster Linie zur Fortpflanzung gedacht. Zu den Geschlechtsorganen der Frau gehören die Vulva, die Vagina oder Scheide, die Gebärmutter, die Eierstöcke und die Eileiter. Der beste Weg, den sichtbaren Teil deiner Geschlechtsorgane genauer kennenzulernen, ist die Inspektion per Handspiegel. Dafür setzt du dich am besten slipfrei auf den Boden und hältst den Spiegel zwischen die Schenkel. Was du jetzt siehst, sind die äußeren Geschlechtsorgane, auch Vulva genannt, die sanfte Erhebung darüber ist der Venushügel. Die länglichen Hautwülste, die sich vom Venushügel in Richtung After ziehen, heißen große Schamlippen. Ihre Aufgabe ist es, die dazwischenliegenden Organe zu schützen. Während der *Pubertät* werden sie größer und bekommen Haare *(Schamhaare)*. Die kleinen Schamlippen dazwischen fallen von Frau zu Frau heller oder dunkler aus und sind unregelmäßiger und dünner als ihre großen Schwestern. Auch sie wachsen während der Pubertät. Häufig wird eine größer als die andere und manchmal ragen sie auch zwischen den großen Schamlippen heraus. Das ist ganz normal und alles andere als ein Schönheitsmanko, also nichts, wofür man sich schämen müsste. Die kleinen Schamlippen bilden am oberen Ende ein Häubchen, unter dem die Klitoris sitzt. Zum sichtbaren Teil der Klitoris gehören

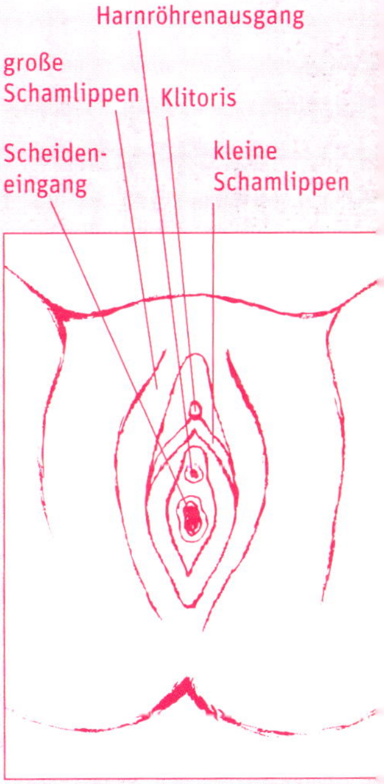

weibl. Geschlechtorgane (außen)

Schaft und *Eichel,* die etwa 10 % ihrer gesamten Größe ausmachen. Weil sie mit etwa 8000 Nerven ausgestattet ist, ist die Klitoris sehr empfindlich und wird deshalb auch Kitzler genannt. Viele Frauen kommen nur durch Reizen der Klitoris zum *Orgasmus.* Unterhalb der Klitoris sitzt die Harnröhrenöffnung, wo der Urin herauskommt. Ein Stockwerk tiefer befindet sich der Scheideneingang, rechts und links davon sitzen die Bartholin-Drüsen, deren Sekrete Feuchtigkeit spenden. Manche Mädels haben im Scheideneingang eine Art Hautsegel, das *Jungfernhäutchen* oder Hymen. Der Scheideneingang selbst ist von einem dehnbaren Muskelring umgeben, den man unter anderem dazu benutzt, um beim Pinkeln den Urinstrahl zu unterbrechen. Weil hier viele Nerven enden, spielt der Scheideneingang auch beim *Sex* eine große Rolle. Die Scheide selbst liegt im Inneren des Körpers und wird auch Vagina genannt. Sie besteht aus einem 8 bis 10 Zentimeter langen muskulösen Schlauch, der den Scheidenausgang mit dem Muttermund verbindet und so elastisch ist, dass er nicht nur einen *Penis,* sondern sogar ein Baby durchlassen kann. Die Scheidenwände produzieren eine schleimige Flüssigkeit, die reibungslosen *Geschlechtsverkehr* garantiert und vor Krankheitserregern schützt. Um dieses saure Milieu zu erhalten, sollte das Scheideninnere beim

Waschen außen vor bleiben. Der Muttermund am Scheidenende ist das Tor zur Gebärmutter. Wenn du schwanger *(Schwangerschaft)* wirst, verhindert er, dass der Embryo aus der Gebärmutter flutscht. Erst bei der Geburt gibt er nach. Der Tunnel, der vom Muttermund nach oben zur Gebärmutter führt, heißt Gebärmutterhals. Darin sitzen viele schleimproduzierende Drüsen. Manchmal findest du diesen Schleim in deinem Slip *(Weißfluss)*, was ganz natürlich ist. Erst wenn dieser Ausfluss anders aussieht als sonst, streng riecht, bröckelig wird und/oder mit Juckreiz oder Schmerzen verbunden ist, solltest du zum *Frauenarzt* gehen.

TRY THIS:

Der beste Weg, den sichtbaren Teil deiner Geschlechtsorgane genauer kennenzulernen, ist die Inspektion per Handspiegel.

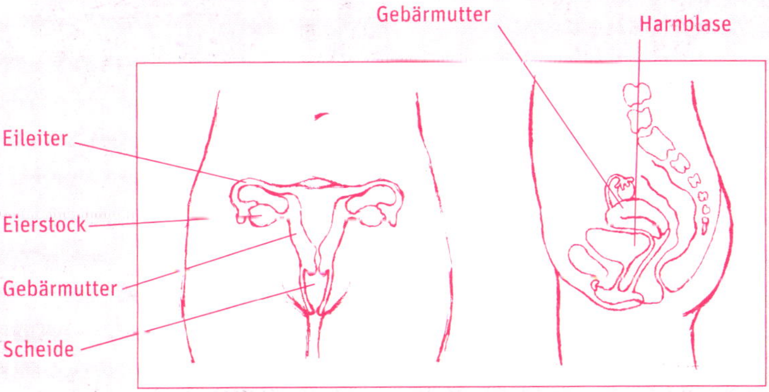

weibl. Geschlechtorgane (innen)

Über dem Gebärmutterhals thront die Gebärmutter, ein birnenförmiges etwa 7 bis 9 Zentimeter großes, elastisches Organ, das zusammen mit den Eierstöcken und den Eileitern schon bei deiner Geburt angelegt war. Die Gebärmutter ist als Kinderzimmer gedacht und kann vom ungeborenen Baby auf eine Größe von bis zu 50 Zentimetern ausgedehnt werden. Rechts und links von der Gebärmutter führen zwei Kanäle, die Eileiter, zu den Eierstöcken. Hier hortest du bei deiner Geburt etwa 400.000 Eizellen. Mit Eintreten der *Periode* reift jeden Monat ein Ei, das befruchtet werden kann. Bis du in die *Wechseljahre* kommst, passiert das etwa 500-mal.

Die männlichen äußeren Geschlechtsorgane bestehen aus *Penis* und Hodensack. Die *Hoden,* Nebenhoden und Samenleiter, die im Hodensack liegen, werden allgemein als innere Geschlechtsorgane bezeichnet.

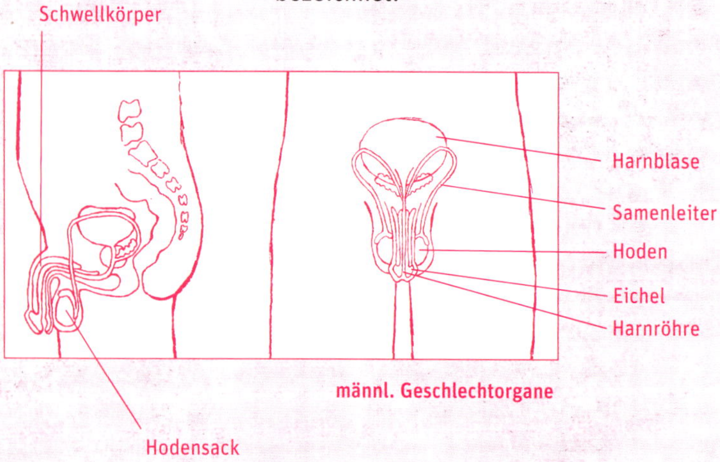

männl. Geschlechtorgane

GESCHLECHTSVERKEHR //

Wenn der Junge mit seinem erigierten *Penis* in die Scheide *(Geschlechtsorgane)* eindringt und sich darin so lange vor- und zurückbewegt, bis er zum *Samenerguss* kommt, spricht man von Geschlechtsverkehr. (auch Geschlechtsakt, Koitos, Kopulation und Beischlaf). Biologisch betrachtet dient er der Fortpflanzung, aber meistens schläft man miteinander, weil es Spaß macht und man sich dem anderen dabei besonders nahe fühlt. Befriedigender *Sex* hat viel mit Erfahrung zu tun. Wichtig ist, dass du weißt, wie und wo du berührt werden möchtest, und das findet man am besten durch *Selbstbefriedigung* heraus. Weil zum Sex nun mal zwei gehören, darfst du deinem Schatz ruhig sagen, was dir gefällt. Je öfter ihr miteinander schlaft, umso besser weißt du, welche „Knöpfe" du beim anderen drücken musst oder in welchen *Stellungen* ihr beide am meisten Spaß habt. Darum wird Sex erst im Laufe der *Beziehung* richtig spannend. Wenn die Frau richtig scharf ist, kann auch ein *Quickie* aufregend sein. Weil beim Geschlechtsverkehr *Samenflüssigkeit* in die Scheide gerät, kann man davon schwanger werden *(Schwangerschaft). Verhütung* ist also Pflicht. Und nicht vergessen: *Safer Sex* schützt vor *Geschlechtskrankheiten.*

GLEITMITTEL //

garantieren einen angenehm-glitschigen Intimbereich und damit reibungslosen *Sex.* Weil sie außerdem das Lustgefühl steigern, benutzt man sie auch beim *Petting* oder zur *Selbstbefriedigung.* Zu kaufen gibt's die Gels und Cremes in jeder Drogerie. Am besten sind wasserlösliche Produkte, weil sie dem Latex von *Kondomen* nichts anhaben können.
→ *Sex-Spielzeug*

G-PUNKT //

ist eine *erogene Zone* in der Vagina *(Geschlechtsorgane),* die nach ihrem Entdecker Dr. Gräfenberg benannt wurde. Seine Existenz ist umstritten, angeblich befindet er sich ein paar Zentimeter vom Scheideneingang entfernt in Richtung Bauchdecke. Am besten, du forschst einfach mal nach *(Selbstbefriedigung).*

GRIECHISCH //

ist ein eleganterer Ausdruck für *Analsex.*

GRUPPENSEX //

nennt man *Geschlechtsverkehr,* bei dem mindestens 3 Personen beteiligt sind. *Sex* im Kollektiv birgt ein hohes Infektionsrisiko *(Geschlechtskrankheiten)* und kann obendrein seelischen Schaden anrichten, weil *Liebe* und Zärtlichkeit oft außen vor bleiben. Überleg dir also gut, ob du mitmachst – vielleicht ist es auch cool, einfach mal Nein zu sagen. Es gibt mehrere Formen von Gruppensex. Bei einem *flotten Dreier* sind, wie der Name schon sagt, nur 3 Leute im Spiel. Besonders beliebt ist der Partnertausch unter 2 oder mehr Paaren, der oft in *Swingerklubs* stattfindet. Wenn viele Männer mit einer einzigen Frau schlafen, spricht man von einem *Gangbang.* *→ Sex-Praktiken*

GYNÄKOLOGE // *→ Frauenarzt*

»Zum Glück gibt's Dich!«

LOOKIN' GOOD!

H

HETEROSEXUALITÄT //

(von Griechisch *heteros* „der andere“) Wenn sich Menschen zum anderen Geschlecht hingezogen fühlen, sind sie heterosexuell. → *Homosexualität*

HIV // → *Aids*

HODEN //

Unter dem *Penis* sitzt der Hodensack. Er beherbergt die Hoden, die in der *Pubertät* anfangen *Samenflüssigkeit* und *Hormone* zu produzieren. Die Hoden sind recht schmerzempfindlich und nicht jeder Junge mag es, beim Liebesspiel dort berührt zu werden. → *Geschlechtsorgane*

HÖHEPUNKT // → *Orgasmus*

HOMOSEXUALITÄT //

steht für gleichgeschlechtliche *Liebe.* Frauen, die auf Frauen stehen, sind lesbisch, Männer, die Männer mögen, sind schwul. Die Gründe für Homosexualität sind nicht erforscht. Fest steht, dass man einen Menschen weder dazu erziehen noch verführen kann. Gesellschaftspolitisch wurde am 1. August 2001 in Deutschland eine neue Ära eingeleitet. Seitdem gilt das „Gesetz über die eingetragene Lebenspartnerschaft“, welches Schwulen und Lesben erlaubt gleichgeschlechtliche Partner zu heiraten. So ganz klappt's mit der Gleichberechtigung allerdings noch nicht, denn im Gegensatz zu verheirateten Heteros *(Heterosexualität)* sind Homo-Ehepaare steuerlich benachteiligt. Außerdem dürfen sie keine fremden Kinder adoptieren und auch wenn einer von beiden Beamter ist, hat der Angetraute kein Recht auf die damit verbundenen finanziellen Vergünstigungen.

→ *Coming-out*

„Andauernd haben mich meine Eltern mit der Frage genervt, warum ich denn keine Freundin habe. Schließlich habe ich ihnen erzählt, dass ich mit einem Jungen zusammen bin. Erst waren sie schockiert, doch mit der Zeit haben sie es akzeptiert.“

Jonas, 17

HORMONE //

sind Boten, die Informationen übermitteln. Sie werden an verschiedenen Stellen deines Körpers gebildet und von dort via Blutbahn zu jenen Zellen geschickt, die informiert werden sollen. Schon kleinste Mengen können eine enorme Wirkung zeigen. *Schwangerschaft,* Blutzuckerspiegel, Wasserhaushalt: Hormone regeln unterschiedlichste Vorgänge im Körper und beeinflussen sogar die Chemie zwischen

zwei Menschen *(verliebt).* Für die Entwicklung in der *Pubertät* sind vor allem die Geschlechtshormone verantwortlich. Bei Mädchen sind das hauptsächlich die weiblichen Vertreter Östrogen und Gestagen, die zu Pubertätsbeginn in den Eierstöcken gebildet werden. Sie sorgen dafür, dass du Kurven bekommst, und pushen die Entwicklung der inneren und äußeren *Geschlechtsorgane.* Aber auch männliche Geschlechtshormone kursieren in deinem Körper. Sie heißen Androgene und lassen zuerst die Scham- und dann die Achselhaare sprießen. Außerdem kurbeln sie Wachstum und Aktivität der Talgdrüsen an, was dir fettige Haare und *Pickel* beschert. Der starke Anstieg von Wachstumshormonen lässt dich größer werden und die Gesichtszüge erwachsener wirken. Wachstumshormone werden im Schlaf freigesetzt. Wer nicht als Hobbit enden will, sollte also nicht ständig die Nacht zum Tag machen. Das Hormon Cortisol regt den Appetit an und sorgt dafür, dass du die Nährstoffe bekommst, die dein Körper zur Entwicklung braucht. Dopamin ist ein Glückshormon. Leider sinkt in der Pubertät der Dopaminspiegel, was dazu führt, dass du viele deiner Hobbys plötzlich zum Gähnen findest und nach neuen Herausforderungen suchst. Bis sich die Hormonproduktion eingespielt hat, dauert es leider ein paar Jahre. Weil sich obendrein dein Gehirn verändert, hast du zu allem Überfluss mit *Stimmungsschwankungen* zu kämpfen. Was du dagegen tun kannst? Alles, was Spaß macht, zum Beispiel shoppen, shoppen und ... shoppen. Ach ja, auch Sport und viel Bewegung an der frischen Luft sollen helfen.

HÜNDCHENSTELLUNG //

Variante des *Geschlechtsverkehrs,* bei dem das Mädchen mit vorgebeugtem Oberkörper kniet oder steht, sich dabei irgendwo abstützt und er sie von hinten nimmt. Weil sie ihn dabei nicht sieht, kann sie sich voll und ganz auf sich selbst konzentrieren und, wenn sie es schafft, mit einer Hand ihre Klitoris *(Geschlechtsorgane)* streicheln. Von hinten hat der Junge die Möglichkeit, besonders tief einzudringen oder sein Becken kreisen zu lassen, was aber nicht immer als schön empfunden wird. Übrigens: Je mehr die Frau ihre Beine schließt, umso lustvoller ist es für ihn.
→ *Stellungen*

HURE //

Abwertende Bezeichnung für *Prostituierte.*

I

IMPOTENZ //

Der Begriff stammt aus dem Lateinischen und bedeutet „Unfähigkeit“. In Sachen *Sex* wird er für Männer verwendet, bei denen innerhalb von 3 Monaten 75 % aller Beischlafversuche scheitern, weil keine ausreichende *Erektion* zustande kommt. Gelegentliche Erektionsstörungen sind allerdings ganz normal, schließlich ist der Körper keine Maschine, die man nach Lust und Laune an- und abstellen kann. Meistens stecken seelische Gründe dahinter wie Erfolgsdruck oder Stress mit der Freundin. Aber auch zu viel Alkohol und körperliche Ursachen wie z. B. ein *Penisbruch* sorgen für tote Hose. Übrigens: Laut Statistik kriegen 41 % aller Jungs beim ersten Mal *(Das erste Mal)* keinen hoch. Das Gegenteil von Impotenz ist *Potenz.*

INTIMFRISUR //

Ein gestylter Schambereich gilt als hygienisch und sexy. Es gibt mehrere Möglichkeiten, ihn in Form zu bringen. Für alle, die ihr *Schamhaar* langfristig loswerden wollen (für 4 bis 6 Wochen) ist Brazilian Waxing, also Haarentfernung per Heißwachs, ideal. Dafür geht man am besten in ein entsprechendes Studio (z. B. Wax in the city: www.wax-in-the-city.com), wo man zwischen Landing Strip (ein schmaler Haarstreifen bleibt stehen), Triangle (ein Dreieck bleibt stehen), Hollywood Cut (alles weg) oder Specials (z. B. Schamhaar in Herzform) wählen kann. Alternativ lässt sich Schamhaar auch mit einem elektrischen Epilierer auszupfen. Erste Wahl bei empfindlicher Haut ist die klassische Nassrasur. Allerdings muss man hier alle 3 Tage nachlegen, weil das Haar schnell wieder wächst. Wer nass rasiert, sollte immer Rasierschaum oder -gel verwenden. Hast du gerade nichts Passendes parat, tun' s auch Shampoos und Haarspülungen. Mittlerweile gibt es auch Shaver mit integriertem Rasiergelkissen, die gleichzeitig einschäumen und abschneiden. Schnittverletzungen lassen sich vermeiden, wenn man die Haut mit einer Hand strafft und mit dem Strich rasiert. Regelmäßige Streicheleinheiten mit weichen Bürsten und Massagehandschuhen verhindern, dass Haare einwachsen und Pusteln bilden. Vor entzündeten Haarwurzeln schützt Babypuder. Das verbleibende Schamhaar lässt sich mit einem elektrischen Langhaarschneider oder einer handlichen, scharfen Schere auf Wunschlänge trimmen. → *Körperbehaarung*

Schwer angesagt, sehr gründlich und superschonend ist angeblich das sogenannte Sugaring. Dafür wird eine Paste aus Zitronensaft, Zucker und Wasser aufgetragen und mit dem Strich entfernt. Infos unter:

www.professionalsugaring.com

INTIMPIERCING //

Genitalschmuck an Schamlippen *(Geschlechtsorgane)* oder *Vorhaut* soll angeblich den *Sex* verbessern. Mit *Kondomen* verträgt sich die *Piercing*-Variante leider nicht, weil sie das Präservativ beschädigen kann.

INZEST //

also *Geschlechtsverkehr* zwischen Verwandten wird in Deutschland strafrechtlich verfolgt, wenn er in gerader Linie, z. B. zwischen Eltern, Kindern und Enkeln, stattfindet. Mit diesem Verbot will der Gesetzgeber *sexuellen Missbrauch* innerhalb der Familie verhindern.

J

JUNGFERNHÄUTCHEN //

Das Jungfernhäutchen ist eine dünne, dehnbare Membran im Scheideneingang *(Geschlechtsorgane).* Diese Membran wird auch Hymen genannt und verschließt die Scheide normalerweise nur zum Teil, damit während der *Periode* das Blut abfließen kann. Die Form des Jungfernhäutchens variiert, manche Mädchen haben auch gar keins. Wenn es reißt, kann es etwas bluten und wehtun, oft passiert aber auch gar nichts. Nur selten reißt das Jungfernhäutchen beim ersten Mal *(Das erste Mal),* meistens passiert's schon viel früher, z. B. beim Sport oder *Petting.* Während Jungfräulichkeit *(Jungfrau)* in der modernen westlichen Welt keine gesellschaftliche Rolle mehr spielt, ist sie bei traditionsbewussten Muslimen die Voraussetzung für die Ehe. Viele junge Musliminnen lassen deshalb ihr Jungfernhäutchen durch eine Operation wiederherstellen. Diese sogenannte Hymen-Rekonstruktion wird entweder unter Vollnarkose oder lokaler Betäubung vorgenommen und dauert etwa 20 bis 30 Minuten.

JUNGFRAU //

Ein Mädchen, das noch keinen *Geschlechtsverkehr* hatte, wird als Jungfrau bezeichnet. Viele Leute glauben, ein unversehrtes *Jungfernhäutchen* sei ein Beweis für Jungfräulichkeit, allerdings ist das eher selten der Fall.

K

KAMASUTRA //

Altindisch für „Leitfaden der *Erotik*". Das aus Indien stammende Liebeshandbuch wurde ungefähr 250 vor Christus von Mallanaga Vatsyayana verfasst und ist damit der älteste *Sex*-Ratgeber der Welt. Auch wenn es in diesem Buch viele Bilder gibt, auf denen außergewöhnliche *Stellungen* gezeigt werden, geht es im Kamasutra nicht nur um Sex. Das Buch will lehren, Erotik mit allen Sinnen zu genießen, sie als Kunst zu begreifen, vom eleganten *Flirt* bis zur hohen Schule der Partnerwahl. Bei Letzterer ist laut Kamasutra vor allem die Beschaffenheit der *Geschlechtsorgane* entscheidend. Mann und Frau werden nämlich, je nach Größe von *Penis* und Vagina, in verschiedene Typen unterteilt und einander zugeordnet – bei Männern unterscheidet man zwischen Hase, Stier und Hengst, bei den Frauen zwischen Gazelle, Stute und Elefantenkuh. Von Natur aus haben Hase und Gazelle, Stier und Stute und Hengst und Elefantenkuh den besten Sex. Mit der richtigen Stellung kommen auch ungleiche Paare auf ihre Kosten.

www.das-kamasutra.com

KITZLER // → *Geschlechtsorgane*

KLITORIS // → *Geschlechtsorgane*

KÖRPERBEHAARUNG //

Schon als Baby haben wir farblosen Flaum am ganzen Körper. Aber erst wenn wir in die *Pubertät* kommen, legt unsere Körperbehaarung richtig los. Grund dafür ist die verstärkte Produktion von männlichen Geschlechtshormonen, also Androgenen *(Hormone)*, die auch bei uns Mädels vorkommen. Das Ergebnis: Der Körperflaum verändert sich, außerdem wachsen uns Haare im Genitalbereich und unter den Achseln. Weil Jungs mehr Androgene produzieren als wir, sprießen bei ihnen die Haare auch im Gesicht, manchmal sogar auf Brust und Rücken. Welche Auswüchse unsere Körperbehaarung annimmt, welche Farbe sie hat und ob sie drahtig oder weich ausfällt, hängt vom Geschlecht und den Genen ab. Weil Achsel-, Bein- und *Schamhaare* nach einigen Monaten ausfallen, werden sie nicht so lang wie die Haare auf dem Kopf. Eigentlich haben Körperhaare keine besonders spannende Aufgabe. Unterm Arm unterstützen sie die Regelung der Körpertemperatur, denn sie vergrößern die Oberfläche der Achsel, wodurch mehr Schweiß abgegeben werden kann. Schamhaare schützen den

Genitalbereich vor Reibung. Dass Männer trotz einer ordentlichen Matte auf Brust und Rücken oft eine Glatze bekommen, liegt daran, dass eine besonders rege Androgen-Produktion zwar den Haarwuchs am Körper fördert, nicht aber den auf dem Kopf. Tja, die Natur ist nun mal grausam.

KOITUS INTERRUPTUS //

(Lateinisch für „unterbrochener *Geschlechtsverkehr“).* Veraltete Verhütungsmethode, bei der der Junge kurz vor dem *Samenerguss* den *Penis* aus der Scheide *(Geschlechtsorgane)* zieht.

VON WEGEN ...

... der Koitus interruptus ist eine clevere Verhütungsmethode.

Diese Methode ist viel zu unsicher, da schon vor dem Samenerguss Sperma aus dem Penis austreten kann.

KONDOM //

oder Präservativ. Hierbei handelt es sich um eine dünne Hülle aus Gummi, die zur *Verhütung* und zum Schutz vor *Geschlechtskrankheiten* über den *Penis* gestreift wird. Kondome gibt es rezeptfrei in Drogerien, Apotheken etc. Sie sind sicher, wenn du diese Regeln beherzigst:

- Beim Kauf bzw. Öffnen das Haltbarkeitsdatum checken und nur zu Produkten mit der Kennzeichnung „CE“ und Prüfstellennummer greifen.
- Weil Kondome keine Hitze mögen, niemals in Heizungsnähe oder in der Sonne lagern.

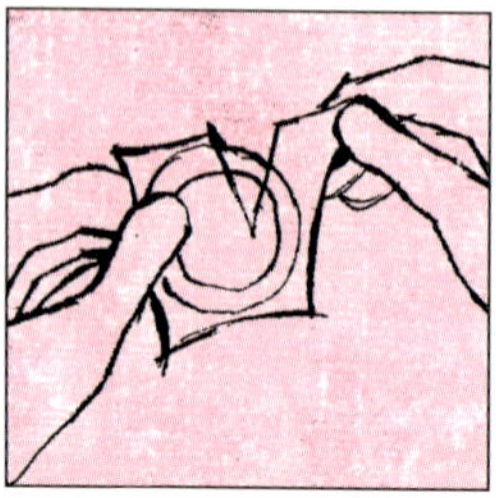

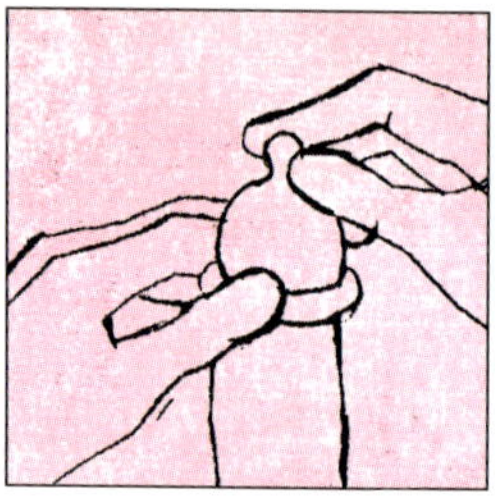

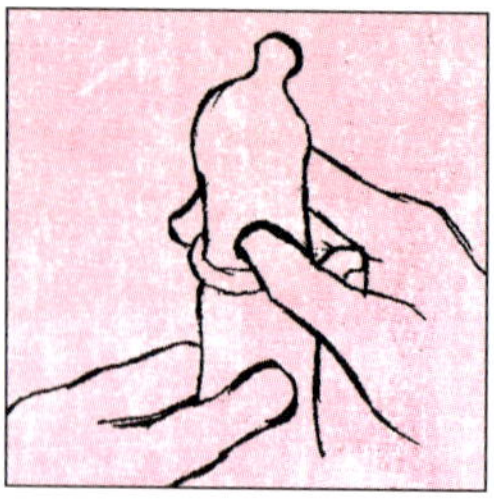

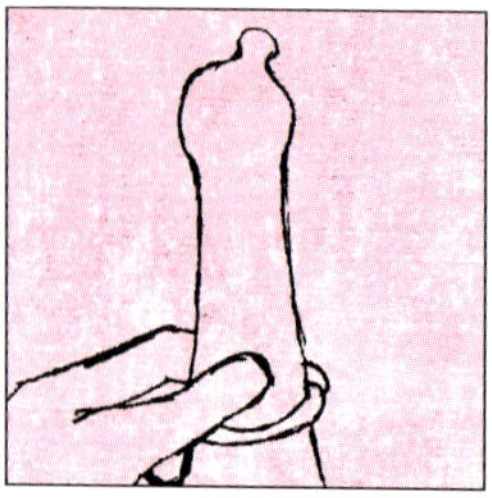

- Kondom nicht in der Hosentasche oder im Geldbeutel aufbewahren, weil es dort zusammengequetscht und beschädigt werden kann.
- Hülle vorsichtig öffnen (keine Scheren oder Messer verwenden), damit du das Präservativ nicht beschädigst.
- Nur mit sauberen, spermafreien Händen anfassen.
- Kondome bestehen aus Latex und können reißen und/oder vom Penis rutschen, wenn man sie mit fettigen Ölen oder Cremes kombiniert. Darum immer wasserlösliche *Gleitmittel* benutzen und sorgfältig die Packungsbeilage lesen.
- Darauf achten, dass die Größe des Kondoms zur Penisgröße passt.
- Kondom rechtzeitig, also direkt nach der *Erektion,* aufziehen.
- Beim Überstülpen das Kondom mit der richtigen (abrollbaren) Seite auf die *Eichel* setzen. Vor und während des Abrollens das Reservoir an der Kondomspitze mit Daumen und Zeigefinger zusammendrücken. Wenn du das vergisst, kann sich dort Luft ansammeln und das Kondom beim Verkehr platzen. Kondom vorsichtig bis zum Penisansatz abrollen. Anschließend prüfen, ob das Reservoir locker (und luftleer!) obenauf sitzt, denn nur so bleibt genügend Platz für die Samenflüssigkeit.

- Wurde das Kondom aus Versehen falsch herum auf die Eichel gesetzt, solltest du beim zweiten Anwendungsversuch ein neues verwenden, weil auch schon vor dem eigentlichen Samenerguss spermahaltige Flüssigkeit aus der Eichel austreten kann *(Lusttropfen).*
- Falls du das Gefühl hast, dass das Kondom rutscht, zwischendurch den Sitz mit der Hand prüfen.
- Nach dem Samenerguss den Penis sofort aus der Scheide ziehen, dabei das Kondom am Penisschaft umfassen, damit es nicht drinnen stecken bleibt. Der Penis sollte beim Herausziehen noch steif sein. Ist er bereits schlaff, kann *Samenflüssigkeit* aus dem Kondom herauslaufen.
- Um sicherzugehen, dass nach dem *Geschlechtsverkehr* kein Sperma in die Scheide gelangt, solltet ihr euch nach dem Entfernen des Kondoms unbedingt die Händen waschen oder mit einem frischen Handtuch ordentlich trockenrubbeln.
- Von wegen doppelt gemoppelt hält besser – 2 Kondome übereinandergetragen sind keinesfalls sicherer als eins. Ganz im Gegenteil: Sie gehen sogar deutlich schneller kaputt als im Alleingang.

Sollte das Kondom einmal reißen, kannst du dir vom Frauenarzt die *Pille danach* verschreiben lassen.

KÜSSEN //

Eigentlich ist Küssen schon etwas Seltsames. Da wird ein Lippenpaar auf ein anderes gedrückt (oder sonstwohin) und manchmal mischt sich auch noch die Zunge ein. Ein guter Grund, mal nachzuforschen, wie dieser Brauch entstand. Dazu gibt es mehrere Theorien. Eine besagt, der Kuss habe sich aus der Mundfütterung entwickelt, die Mütter mit ihren Kindern praktizierten, als es noch keine Babynahrung gab. Mama kaute also vor und gab den Speisebrei, Mund zu Mund, an den zahnlosen Sprössling weiter. Würg! Eine Vorstellung, die jedes Lustgefühl im Keim erstickt. Etwas besser lebt es sich mit Siegmund Freuds Theorie, der Kuss entstamme der oralen Phase des Kindes und sei ein Ersatz für das Saugen an der Mutterbrust. Aber genug der Theorien. Wie sieht es in der Praxis aus? Generell gibt es viele Arten von Küssen. Tante Gertruds nasse Schmatzer gehören natürlich zur ekeligen Sorte. Papas liebevoll-sanfter Kuss auf die Stirn dagegen gibt uns das Gefühl von Geborgenheit und das weit verbreitete Begrüßungsbussi auf die Wange schafft eine verbindliche Atmosphäre. Die wirklich aufregenden Küsse aber sind die, bei denen *Erotik* im Spiel ist. In Mund und Lippen enden nämlich viele Nerven, die bei einem langen, intensiven Kuss Signale ans Hirn senden. Die Folge: *Hormone* werden ausgeschüttet, die für Glücksgefühle und Herzklopfen sorgen. Ausdauerndes Küssen fördert die Durchblutung und sorgt so für schöne Haut. Außerdem soll Küssen das Immunsystem stärken, vor Karies und Parodontose schützen und, weil wir dabei bis zu 12 Kalorien verbrennen, sogar schlank machen. Aber nur ein gelungener Kuss ist in der Lage, Körper und Geist derart in Aufruhr zu versetzen. Das können viele zarte oder knabbernde Küsse auf die *erogenen Zonen* sein oder ein leidenschaftlicher *Zungenkuss.*

KUSCHELSEX // → *Blümchensex*

L

LESBISCH // → *Homosexualität*

LIBIDO //

Der Begriff stammt aus der Psychoanalyse und ist ein anderes Wort für sexuelle *Lust.*

LIEBE //

„Ich habe Jan im Urlaub kennengelernt, wir haben uns total ineinander verliebt. Jetzt sehen wir uns nur noch selten, weil wir 300 Kilometer voneinander entfernt wohnen. Wir schreiben uns aber jeden Tag E-Mails und telefonieren mehrmals in der Woche. Letztens hat er mir gesagt, dass er mich liebt, da war ich total glücklich."

Annika, 15

Wenn aus Verliebtheit eine tiefe Zuneigung wird, spricht man von Liebe. Dass du liebst, erkennst du z. B. daran, dass du dich für die Gefühle und Gedanken des anderen interessierst, ihm vertraust und versuchst seine Schwächen zu akzeptieren. Die beste Voraussetzung, um jemanden lieben zu können, ist ein gutes Selbstbewusstsein. Denn wenn man sich selbst nicht liebenswert findet, steigt die Angst, verlassen zu werden. Die Folge sind Misstrauen und *Eifersucht* und die wiederum sind Gift für die Liebe. Liebe will gepflegt sein, am besten mit kleinen Gesten. Auch gleiche Wertvorstellungen und gemeinsame Interessen können zusammenschweißen. Das heißt aber nicht, dass ihr immer gemeinsame Sache machen müsst. Im Gegenteil: Gönnt euch Freiräume. Lass ihn mit seinen Jungs losziehen und pflege deine Mädels-Abende. Lass ihn Fußball spielen und geh weiterhin in deinen Sportklub. So bewahrst du deine Eigenständigkeit und das wiederum macht dich für den anderen interessant. Auch *Sex* ist wichtig für die Liebe, denn beim Austausch von Zärtlichkeiten wird das Kuschelhormon Oxytocin *(Hormone)* freigesetzt, das Vertrauen fördert und die Bindung stärkt.

LIEBESGESTÄNDNIS //

Du bist *verliebt* und hast Angst, es deinem Schwarm zu sagen, weil du befürchtest abgewiesen zu werden? Aber warum sollte er das tun, schließlich ist eine Liebeserklärung ein tolles Kompliment. Wer sich scheut mit der Tür ins Haus zu fallen, kann sich auch langsam annähern. Suche zuerst seinen Blick, warte ab, wie er reagiert und steigere dich dann über ein Lächeln bis zum Gespräch. Auf jeden Fall solltest du etwas unternehmen, denn nur wer seine Gefühle zeigt, kann darauf hoffen, dass sie auch erwidert werden.

LIEBESKUGELN //

Dieses *Sex-Spielzeug* besteht aus zwei per Band verbundenen Kunststoffkugeln, die mit Metallkugeln gefüllt sind. Steckt man sie in die Scheide *(Geschlechtsorgane)*, können sie ein prickelndes Gefühl verursachen. Wie sehr man die Kugeln spürt, hängt angeblich von der Beschaffenheit des Beckenbodens ab. Ist er straff, spürt man mehr, ist er schlaffer, spürt man weniger. Ein straffer Beckenboden steigert die Orgasmusfähigkeit. Das Tragen der Kugeln hilft den Beckenboden zu trainieren. Achtung: Liebeskugeln können beim Gehen ein (für andere hörbares) klickendes Geräusch erzeugen. Beim Kauf darauf achten, dass sie keine störenden Schweißnähte besitzen. Um sie aus dem Körper zu entfernen, muss man am Rückholfaden ziehen, der an der vorderen Kugel befestigt ist und aus der Scheide baumeln sollte. Liebeskugeln nach Gebrauch gründlich reinigen und nicht verleihen.

LIEBESKUMMER //

Er hat plötzlich kaum noch Zeit, vergisst ständig dich anzurufen und weicht Zärtlichkeiten aus? Keine Panik – nicht immer bedeutet das gleich das Aus für eure *Beziehung.* Vielleicht hat er gerade Stress in der

Schule, mit den Eltern oder seinen Kumpels und braucht einfach ein bisschen Zeit für sich. Lass ihn in Ruhe, biete ihm deine Hilfe an, aber setz ihn nicht unter Druck. Erst wenn sich nach Tagen nichts ändert, solltest du das Thema ansprechen. Lass dich nicht abwimmeln, es ist dein gutes Recht zu erfahren, was los ist, denn nur wenn du weißt, woran du bist, kannst du eine angemessene Entscheidung treffen. Manche Jungs (und auch Mädchen) halten ihre Freundin/ihren Freund so lange hin, bis sie jemanden kennenlernen, der ihnen besser gefällt. Das ist unfair. Wenn du das Gefühl hast, dass er dich nicht mehr will, lass ihn ziehen. Das Leben ist zu kurz, um es mit den falschen Männern zu verbringen.

LÖFFELCHENSTELLUNG //

Stellung beim *Sex,* bei der das Paar aneinandergekuschelt auf der Seite liegt, sodass er von hinten in sie eindringen kann. Wenn sie ihr oberes Bein auf seinem ablegt, kommt er besser an sie heran und sie kann obendrein ihre Klitoris *(Geschlechtsorgane)* streicheln.

LOLITA //

Abgeleitet vom gleichnamigen Roman Vladimir Nabokovs, in dem ein älterer Mann einem 12-jährigen Mädchen auf

„Ich kann nur sagen, dass Freundinnen das beste Mittel gegen Liebeskummer sind. Als Marco mit mir Schluss gemacht hat, wollte ich mich aus Verzweiflung, Wut und Enttäuschung nur noch zu Hause vergraben. Ich war total fertig und habe mich wohl auch ein bisschen geschämt, dass ausgerechnet mir das passiert ist. Bei meinen Freundinnen ist es doch immer umgekehrt gelaufen, sie waren diejenigen, die Schluss gemacht haben. Doch zum Glück haben die Mädels mein Verhalten nur ein paar Tage geduldet. Irgendwann standen sie bei mir vor der Tür und haben mich ins Kino geschleppt. Eine Woche später ging es dann in die Disco. Natürlich hatte ich am Anfang überhaupt keine Lust darauf. Aber ich habe schnell gemerkt, dass mir die Ablenkung guttat. Ich hatte gar keine Zeit mehr, allein dazusitzen und vor mich hin zu grübeln. Und das war das Beste, was mir passieren konnte."

Christine, 16

die Pelle rückt. Im allgemeinen Sprachgebrauch steht Lolita für eine Kindfrau, also für ein Mädchen, das an der Schwelle zum Erwachsenwerden gleichzeitig kindlich und fraulich, unschuldig und sexy wirkt und dadurch eine gewisse *Erotik* ausstrahlt.

LUST //

Sind wir scharf auf *Sex,* haben wir Lust. Und das passiert meistens ganz plötzlich. Ein knackiger Po, eine maskuline Stimme, dazu vielleicht noch ein bisschen Musik und Kerzenschein *(Aphrodisiaka):* Oft genügen ein paar Reize, um unsere Dopaminproduktion anzukurbeln. Dieses *Hormon* pusht die Produktion des Lust- und Sex-Botenstoffs Testosteron. Dass Männer leichter erregbar sind als Frauen, liegt übrigens daran, dass ihr normaler Testosteronspiegel bereits 10-mal so hoch ist wie unserer. Hintern hin, Kerzenschein her – *Lust* lässt sich nicht anknipsen wie eine Glühbirne. Erst wenn wir uns entspannen und uns auf die Berührungen des Partners konzentrieren, kommt die Erregung. Übrigens: Auch gelegentliche Lustlosigkeit ist ganz normal und trifft uns meistens dann, wenn wir Frust, Stress, *PMS* oder Ärger mit dem Freund haben. *Frigide* sind wir deshalb noch lange nicht.

LUSTSCHMERZ //

Klapse, leichte Peitschenhiebe oder ein paar Tropfen heißes Wachs auf nackter Haut – manche Menschen erregt es, wenn ihnen beim *Sex* Schmerzen zufügt werden *(Domina)*. Die Gründe dafür sind entweder psychisch oder physisch. Den einen erregt das Gefühl des Sich-Unterwerfens, der andere schüttet schmerzbedingt körpereigene Stoffe (Endorphine) aus, die ihn in einen Rauschzustand versetzen.

LUSTTROPFEN //

Bei sexueller Erregung *(Lust)* kann der *Penis* schon vor dem *Samenerguss* etwas Flüssigkeit absondern. Achtung: Sie kann Spermien enthalten und bei Kontakt mit der Vagina *(Geschlechtsorgane)* zu einer *Schwangerschaft* führen.
→ *Koitus interruptus*

BE DIFFERENT
BE YOURSELF!

MACHO //

In Deutschland bezeichnen wir Männer als Machos, die ständig auf cool machen und an überholten Geschlechterrollen festhalten – also immer noch glauben, dass Frau an den Herd gehört und nicht Auto fahren kann. Hinter Machogehabe steckt oft Unsicherheit oder Dummheit. Im ersten Fall besteht Hoffnung, im letzteren hat man es mit selbstgerechten Deppen zu tun, von denen man besser die Finger lässt.

MAGERSUCHT //

ist eine *Essstörung,* die auch *Anorexia nervosa* genannt wird. Obwohl Magersüchtige für andere gerne kochen und backen, spielt Hungern bei ihnen die Hauptrolle. Damit die Pfunde schneller purzeln, wird oft exzessiv Sport getrieben oder erbrochen. Neben Müdigkeit und Kreislaufproblemen kommt es zu Hormonstörungen, die während der *Pubertät* die körperliche Entwicklung hemmen können. Langfristig führt Magersucht unter anderem zu Depressionen, abnehmender Knochendichte und zum Ausbleiben der *Periode.* Manche Mädchen sterben sogar daran, weil ihr geschwächter Körper Infektionen nichts mehr entgegenzusetzen hat.

www.magersucht-online.de/umgang.htm

MASTURBATION //

Wenn man sich selbst oder einen anderen mit der Hand befriedigt, spricht man von Masturbation *(Selbstbefriedigung)*. Dabei können verschiedene Hilfsmittel zum Einsatz kommen. → *Sex-Spielzeug*

MÉNAGE À TROIS // → *Flotter Dreier*

MENSTRUATION //

(von Lateinisch *mensis* „Monat“ und *stratus* „ausgestreut“) Anderer Begriff für *Periode.*

MISSIONARSSTELLUNG //

Der Klassiker beim *Geschlechtsverkehr.* Sie liegt mit angewinkelten Beinen auf dem Rücken, er bäuchlings auf ihr. Aufregend wird es, wenn sie sich ein Kissen unter den Po legt und die Beine nach oben streckt, er dazwischen kniet und ihre Fesseln umfasst. In dieser Position stimuliert der *Penis* den *G-Punkt.* Wenn sie dabei

die Beine spreizt, kann sie außerdem ihre Klitoris *(Geschlechtsorgane)* streicheln.
→ *Stellungen*

MORGENLATTE //

Wenn Jungs morgens einen Ständer haben, hat das nicht unbedingt etwas mit sexueller Erregung *(Lust)* zu tun. Verantwortlich für die *Erektion* ist die REM-Phase (Traumphase) kurz vorm Aufwachen, in der sich Herzschlag und Atmung beschleunigen und seinen kleinen Freund strammstehen lassen. Der Trauminhalt spielt dabei keine Rolle.

N

NEUNUNDSECHZIG //

ist eine *Stellung,* bei der ihr euch gegenseitig oral befriedigt *(Oralsex).* Dabei liegt ihr so auf- oder nebeneinander, dass ihr jeweils mit dem Mund an die Geschlechtsteile des anderen kommt.

NUTTE //

Abwertendes Synonym für *Prostituierte.*

NYMPHOMANIN //

Frauen mit einem übersteigerten Sexualtrieb werden als Nymphomaninnen bezeichnet. Was „übersteigert“ konkret bedeutet, ist nicht klar, denn es gibt keine Norm dafür, wie oft man Sex haben sollte.

O

ONANIE // → *Selbstbefriedigung*

ONE-NIGHT-STAND //

One-Night-Stands können eine prickelnde Erfahrung sein, als Auftakt für ein feste Beziehung sind sie aber weniger geeignet.

Bedeutet so viel wie *Sex* für eine Nacht. Mögliches Szenario: Du gehst in eine Disco und begegnest einem sexy Typ. Du tanzt mit ihm, trinkst ein paar Gläschen und gerätst, benebelt von Alkohol und extatischen Rhythmen, in einen Rauschzustand, der in gemeinsamem Sex endet. Ob du dabei wirklich Spaß hast, ist schwer zu sagen, denn nicht jeder kommt beim Liebesspiel mit einem Wildfremden auf seine Kosten. Andererseits kann auch der Reiz des Neuen und die Tatsache, begehrt zu werden, Befriedigung verschaffen. Bei manchen One-Night-Stands gibt's ein böses Erwachen, weil man sich nüchtern betrachtet nur noch halb so attraktiv findet. Auch Interessenkonflikte sorgen ab und an für Morgengrauen, z. B. wenn der eine nur auf ein Abenteuer aus war, während sich der andere eine Fortsetzung wünscht. Bist du solo, hast also niemanden betrogen und außerdem

Safer Sex betrieben, gibt es übrigens keinen Grund, hinterher ein schlechtes Gewissen zu haben. Schließlich ist es ganz gesund, sich ab und zu einfach mal gehen zu lassen.

ORALSEX //

Befriedigt man sich gegenseitig mit dem Mund, spricht man von Oralsex. Tust du es bei ihm, heißt es Fellatio *(Blasen)*, tut er es bei dir, nennt man das *Cunnilingus.* Um den Intimbereich des anderen mit Zunge und Lippen zu erforschen, braucht es schon etwas Mut, Neugier und vor allem Vertrauen. Lass dich also nicht dazu drängen. Übrigens: Auch beim Oralverkehr kann man sich mit *Aids* und anderen Krankheitserregern anstecken *(Geschlechtskrankheiten). Safer Sex* schützt. Und damit sich keiner ekeln muss, hat Hygiene natürlich oberste Priorität.

→ *Sex-Praktiken*

Wie jemand unten schmeckt, wird sehr subjektiv empfunden. Manche finden, es schmeckt irgendwie bitter und salzig. Andere empfinden den Geschmack als neutral.

ORGASMUS //

Dazu kommt es, wenn sich sexuelle Spannung an ihrem Höhepunkt entlädt. Das Gefühl, das wir dabei empfinden, ist rauschartig und unbeschreiblich schön. Der Orgasmus ist ein cleverer Schachzug der Natur, denn ohne ihn gäbe es keine Fortpflanzung – das trifft zumindest im Hinblick auf Männer zu, denn beim Orgasmus haben sie meistens den für die Arterhaltung erforderlichen *Samenerguss.* Bei Frauen äußert sich der Höhepunkt durch rythmisches Zusammenziehen der Genitalmuskeln, was eine Befruchtung zwar unterstützt, aber keine Voraussetzung dafür ist. Ob und wie lange wir brauchen, um zu „kommen", hängt von vielen Faktoren ab. Männer tun sich leichter. Das liegt einerseits daran, dass sie durch ihren hohen Testosterongehalt *(Hormone)* im Blut schneller erregbar sind, andererseits befindet sich das Lustzentrum des Mannes direkt an der Penisspitze und wird beim *Geschlechtsverkehr* ständig stimuliert *(Stimulation).* Bei Frauen sorgt vor allem die Klitoris *(Geschlechtsorgane)* für Lustgefühle. Sie sitzt allerdings außerhalb der Scheide und wird bei der Rein-Raus-Bewegung des *Penis* weitgehend links liegen gelassen. Die gute Nachricht: Sie lässt sich während des Verkehrs mit den Fingern stimulieren. Auch ein gut trainierter PC-Muskel soll den weiblichen Orgasmus fördern. Dieser auch Beckenboden genannte Muskelstrang umgibt den Scheideneingang und die Harnröhrenöffnung. Frauen benutzen ihn zum Beispiel, um beim Pinkeln den Urinstrahl zu unterbrechen. Mit exakt dieser An- und Entspannungsübung lässt er sich auch stärken. Eine dritte orgasmusrelevante Zone ist der sagenumwobene *G-Punkt,* der im Inneren der Scheide liegt. Manche Frauen

„Ich war mir immer nicht sicher, ob das Gefühl, das ich im Unterbauch hatte, eine Orgasmus war, aber dann hatte ich wirklich einen und es war unbeschreiblich. Es fängt mit einem warmen Kitzeln und Ziehen an, das sich im ganzen Körper ausbreitet. Ich bekomme dann eine Gänsehaut und mir wird ganz heiß."

Michelle, 18

täuschen Orgasmen vor, weil sie ihren Freund nicht enttäuschen wollen oder Angst haben, als *frigide* abgestempelt zu werden. Wenn das öfter passiert, lohnt es sich zu überlegen, ob es vielleicht am Partner liegt. Manchmal sind Mädels aber auch blockiert, weil sie sich nicht schön finden, andere wiederum wissen schlicht und einfach nicht, was ihnen guttut. Beim Orgasmus verbrennen wir rund 300 Kalorien. Im Gegensatz zu Jungs, die dazwischen eine längere Pause brauchen, können Mädels mehrere Höhepunkte direkt nacheinander erleben. Dass Paare gleichzeitig kommen, ist eher selten der Fall und klappt meistens erst, wenn sie gut aufeinander eingespielt sind. Manchen Mädels spritzt beim Orgasmus Flüssigkeit aus der Harnröhre. Das ist aber kein Urin, sondern eine Art Sperma, natürlich ohne Samenzellen. Also ganz normal und kein Grund zu Scham oder Panik.

VON WEGEN …

… kein Orgasmus = nicht schwanger.

Das ist totaler Unsinn. Auch wenn du keinen Orgasmus hattest, kannst du trotzdem schwanger werden.

ÖSTROGEN // → *Hormone*

P

PEEPSHOW //

ist eine pornografische Aufführung *(Pornografie),* wo gegen Geldeinwurf ein zeitlich begrenzter Blick auf Frauen gewährt wird, die sich nackt auf einer Bühne räkeln und dabei ihre Geschlechtsteile zur Schau stellen. → *Sexshop*

PENETRATION // → *Geschlechtsverkehr*

PENIS //

oder Glied. Der beste Freund des Mannes besteht aus drei Schwellkörpern, die sich bei sexueller Erregung *(Lust)* mit Blut füllen und ihn aufrichten *(Erektion).* Ist der Mann nicht beschnitten *(Beschneidung),* ist beim entspannten Glied die Penisspitze von der Vorhaut bedeckt. Im Inneren des *Penis* befindet sich die Harnröhre. Sie ist der Kanal für Urin und *Samenflüssigkeit.* Damit beim *Geschlechtsverkehr* kein Urin austritt, macht der Harnröhrenschließmuskel bei einer Erektion dicht, was auch erklärt, warum Jungs mit einem

Ständer nicht pinkeln können. Die Größe eines schlaffen Penis sagt nichts über seine Ausmaße im erigierten Zustand aus. Jungs machen sich irrsinnig viele Gedanken über die Länge ihres besten Stücks. Für uns Frauen ist aber eher sein Stehvermögen, also die Dauer und Stärke der Erektion, wichtig *(Potenz)*. Auch der Umfang eines steifen Penis kann über Lust oder Frust im Bett entscheiden. Unter dem Penis sitzt der Hodensack. Er beherbergt die *Hoden*, die in der *Pubertät* anfangen Spermien und *Hormone* zu produzieren. Was beim *Orgasmus* aus der Eichel spritzt, heißt *Samenflüssigkeit* oder Ejakulat.

PENISBRUCH //

Eigentlich ein völlig irreführender Ausdruck, denn sein bestes Stück kann gar nicht brechen, weil es so viele Knochen hat wie ein Neugeborenes Zähne. In Wirklichkeit handelt es sich beim Penisbruch um einen Riss in der Haut, die sich um die Schwellkörper im Penisinneren spannt. Bei einer *Erektion* füllen sich die Schwellkörper mit Blut und richten den *Penis* auf. Logisch, dass die Haut drumherum dabei ganz schön unter Druck gerät. Eine falsche, unkontrollierte Bewegung genügt und sie ist gerissen. Penisbrüche sind zwar selten, aber dafür umso schmerzhafter. Wenn es passiert, hört man ein knackendes Geräusch, der Penis macht auf der Stelle schlapp und wird so dick und violett wie eine Aubergine. Jungs, die sich nicht sofort behandeln lassen, müssen unter anderem mit Folgeschäden wie Penisverkrümmung oder Erektionsproblemen rechnen. Besser: Das Glied mit der Hand zusammendrücken (um die Schwellung einzudämmen), eine Eispackung drauf und ab ins Krankenhaus. Dort wird der Schaden per Operation behoben und bald darauf ist alles wieder gut. Auch leichte Brüche, bei denen es nicht zum Bluterguss kommt, sollten so schnell wie möglich operiert werden. Ein Penisbruch ist übrigens keine Schande und kann jeden treffen – selbst Ober-*Macho* Dieter Bohlen ist es schon passiert.

So viele Eizellen! Zwischen der ersten Regel in der Pubertät und der letzten in den Wechseljahren liegen etwa 40 Jahre. In dieser Zeit reifen 400 bis 500 Eizellen heran. Jede kann zu einer Schwangerschaft führen.

PERIODE //

Irgendwann während der *Pubertät* bekommst du deine Periode, auch Tage, Regel oder Menstruation genannt. Bei manchen geht es schon mit 10 Jahren los, bei anderen erst mit 15. Wenn sie kommt, kommt sie monatlich, also etwa alle 28 Tage. Diese Zeitspanne nennt man Zyklus. Vorbote ist der sogenannte *Weißfluss,* ein milchiger Ausfluss, der sich schon Monate vor der ersten Blutung im Slip bemerkbar macht. Die Periode wird von mehreren unterschiedlichen Sexualhormonen *(Hormone)* gesteuert, das Ganze ist sehr komplex und hier vereinfacht dargestellt. Den Startschuss zur Periode gibt das follikelstimulierende Hormon, das erst in der Pubertät produziert wird und die Eierstöcke *(Geschlechtsorgane)* dazu antreibt, Eibläschen zu bilden. Nach etwa 2 Wochen ist eines der Eibläschen groß genug, um eine Eizelle reifen zu lassen. Inzwischen hat sich die Gebärmutter auf Besuch eingerichtet und eine dicke nährstoffreiche Schleimhaut aufgebaut. Etwa in der Mitte des Zyklus platzt dann das Eibläschen und das reife Ei löst sich vom Eierstock. Diesen Vorgang nennt man Eisprung – manche spüren dabei ein leichtes Ziehen im Unterbauch. Innerhalb der nächsten 4 Tage wandert das Ei durch den Eileiter zur Gebärmutter und kann auf dieser Reise von einer männlichen Samenzelle *(Samenflüssigkeit)* befruchtet werden *(fruchtbare Tage)*. Geschieht das, dockt es an der Gebärmutterschleimhaut an. Wird es nicht befruchtet, löst es sich auf. Die jetzt überflüssigen Schichten der Gebärmutterschleimhaut werden abgebaut und nach etwa 10 Tagen über die Scheide ausgeschieden – deine Periode beginnt. Die Blutung kann bis zu 6 Tage dauern. Bereits am 1. Tag der Blutung beginnt der nächste Zyklus. Das heißt, die Hormone nehmen ihre Arbeit wieder auf und lassen ein neues Ei reifen. Dieser Kreislauf wiederholt sich jetzt so lange, bis du in die *Wechseljahre* kommst.

GUT ZU WISSEN!

Wenn deine Periode mal nicht kommt, bedeutet das nicht gleich, dass du schwanger bist. Das Ausbleiben der Blutung kann viele Ursachen haben, vielleicht hattest du Stress. Wenn sich nach ein paar Tagen noch immer nichts tut, solltest du auf jeden Fall zum Frauenarzt gehen.

Übrigens: Es ist absolut okay, wenn du während der Periode Sex hast. Solange du die Pille nimmst, bist du vor einer Schwangerschaft geschützt. Ansonsten musst du anderweitig verhüten, denn es ist durchaus möglich, auch während der Periode schwanger zu werden. Spermien können bis zu einer Woche in der Gebärmutter überleben. Überschneidet sich deine Periode mit dem Eisprung zu Zyklusbeginn, ist eine Befruchtung möglich.

Wenn du einen genauen Überblick über deinen Zyklus bekommen willst, kannst du die Zeit von Blutungsbeginn bis Blutungsende in einem Kalender festhalten und täglich Notizen zur Blutungsstärke, eventuell auftretenden *Regelschmerzen* und anderen Begleiterscheinungen machen. Wenn du diesen Zykluskalender eine Zeit lang führst, erkennst du sofort, wenn mit dir etwas nicht stimmt. Auch für den *Frauenarzt* ist ein Zykluskalender eine gute Grundlage, um dich besser kennenzulernen oder eine Diagnose zu stellen. Also immer schön mitnehmen, wenn du hingehst. *Tampons* und *Binden* sind dazu da, die Menstruationsflüssigkeit aufzunehmen. Um herauszufinden, was dir mehr liegt, probierst du am besten beides aus.

PERVERS //

Bedeutet so viel wie verdreht. In Sachen *Sex* wird der Begriff für Leute gebraucht, die auf Praktiken stehen, die von der Norm abweichen. Wo Perversion anfängt, ist schwer zu sagen, denn was der eine als abartig empfindet, ist für den anderen absoluter Standard. Für manche sind bereits harmlose Fesselspielchen pervers, andere wiederum finden es normal, sich beim Sex ins Gesicht pinkeln zu lassen.

PESSAR //

Hierbei handelt es sich um ein Verhütungsmittel. Man unterscheidet zwischen Scheidenpessar, *Diaphragma,* und Intrauterinpessar, auch Spirale genannt.
→ *Verhütung*

PETTING //

Schmusen, *Masturbation, Küssen, Oralsex:* Petting ist alles – außer *Geschlechtsverkehr.* Oft kommt es als *Vorspiel* zum Einsatz. Aber auch für Jungs und Mädels, die noch keinen Geschlechtsverkehr wollen, ist es ideal, weil man dabei den Körper des anderen langsam, aber sicher erforschen kann. Je näher ihr euch kennenlernt, umso vertrauter werdet ihr und umso mehr Hüllen fallen. Ein aufregender Cocktail aus Unsicherheit und Neugier treibt euch voran, lässt euch andererseits aber immer wieder an Scham- oder Schmerzgrenzen stoßen. Ihr findet heraus, ob es euch erregt, wenn der andere an euren *Brustwarzen,* Ohrläppchen oder Zehen saugt oder mit den Fingernägeln leicht über eure Schenkelinnenseiten kratzt. Oder wie es sich anfühlt, wenn man euren Körper mit sanften Küssen bedeckt und seine Konturen mit gespitzter Zunge nachzeichnet. Irgendwann landen die Finger auch zwischen den Schenkeln. Ein seltsames Gefühl, denn es ist schon ein Unterschied, ob man sich dort

selbst berührt oder ob es plötzlich ein anderer tut. Wenn ihr euch langsam vortastet, kann aber nichts schiefgehen. Gerade wir Mädels haben es nicht so schwer, denn der *Penis* sitzt naturgemäß gut sichtbar außerhalb des Körpers und ist darum kein Buch mit sieben Siegeln. Und weil Männer leichter erregbar sind als Frauen, kriegen sie kleine Bedienungsfehler oft gar nicht mit.

Für alle, die noch unsicher sind, hier ein paar Handgriffe zum Umgang mit seinem besten Stück:

1
Für Anfänger

Bilde mit einer Hand einen Ring aus Zeigefinger und Daumen und umfasse damit die Peniswurzel, also den Penisansatz direkt oberhalb der *Hoden.* Umschließe mit der anderen Hand den Penisschaft und lasse sie unter sanftem Druck auf- und abgleiten, erst langsam und dann immer schneller. Versuche, wenn du an der *Eichel* angekommen bist, besonderen Druck auf ihre Unterseite auszuüben, denn hier ist sie am empfindlichsten. Diese Technik funktioniert am besten, wenn du direkt neben deinem Partner liegst oder wenn du zwischen seinen Schenkeln kniest.

VORSICHT:
Ist Sperma im Spiel, kann Petting schwanger machen – zum Beispiel dann, wenn es über die Finger in die Vagina wandert. Aber keine Panik, das gilt nur für feuchte, noch nicht eingetrocknete Samenflüssigkeit.

2
Für Fortgeschrittene

Er sitzt oder liegt und du kniest zwischen seinen Beinen. Falte deine Hände, als wolltest du beten, und umschließe dabei seinen Penisschaft, sodass die Eichel zwischen Daumen und Zeigefingern herausschaut. Lass die Hände in dieser Position den Schaft hinauf- und hinuntergleiten und gleichzeitig eine leichte Drehbewegung zu beiden Seiten ausführen. Noch intensiver wird es, wenn deine Handflächen dabei im Sekundentakt einen pulsierenden Druck auf den Penisschaft ausüben.

3
Für Könner

Er sitzt oder liegt und du kniest zwischen seinen Beinen. Strecke die rechte Hand in Richtung Penis, die Handfläche zeigt dabei nach rechts, der Daumen nach unten. Umfasse aus dieser Haltung heraus die Peniswurzel. Lasse die Hand den Penisschaft hinaufgleiten. An der Eichel angekommen sollte sie eine kleine Drehbewegung nach rechts oben ausführen, etwa so, als würdest du einen Flaschendeckel aufschrauben. Nach der Drehung sollte der Daumen nach oben, die Handfläche nach links zeigen und die Hand wieder zur Peniswurzel hinabgleiten. Die Technik mit beiden Händen abwechselnd wiederholen, wobei die Bewegungen der linken Hand spiegelverkehrt ablaufen.

TIPP:

Gleitmittel erleichtern die „Handarbeit“ enorm und sind ein toller Gefühlsverstärker. Eine gute Vorbereitung aufs Petting ist Selbstbefriedigung, denn erst wenn du dich selbst gut kennst, weißt du, was dir gefällt. Falls dein Liebster dich nicht richtig anfasst oder dir sogar wehtut, sag oder zeig ihm, was du magst. Es es schön für den anderen zu wissen, wo und wie er dich berühren soll.

PICKEL //

Gerade wenn man für das andere Geschlecht ganz besonders gut aussehen will, spielt die Haut oft nicht mit. Schuld an den unschönen Pusteln sind die männlichen Geschlechtshormone, die in der *Pubertät* auch von uns Mädels vermehrt produziert werden. Diese sogenannten Androgene kurbeln unter anderem die Fettproduktion in den Talgdrüsen an, die überall da sitzen, wo ein Körperhärchen sprießt. Das Fett der Talgdrüsen hält Haut und Haare geschmeidig und schützt sie vor Umwelteinflüssen. Bis das aber reibungslos funktioniert, produziert dein Körper oft zu viel Talg, der dann, zusammen mit abgestorbenen Hautzellen, die Drüsenausgänge verstopft. Das Ergebnis sind Mitesser. Besonders üppig sprießen sie im Gesicht und am Oberkörper, weil sich dort die aktivsten und größten Talgdrüsen befinden. Entzündete Mitesser heißen Pickel. Von Akne spricht man, wenn Eiterpickel großflächig auftreten. Wie empfänglich du für Mitesser und Pickel bist, hängt davon ab, wie stark deine Talgdrüsen auf die Androgene ansprechen. Dabei spielen auch die Gene eine Rolle.

Man kann trotzdem so einiges tun, um die lästigen Dinger wirkungsvoll zu bekämpfen:

- Mitessern und Pickeln nicht selbst auf die Pelle rücken, sondern von einem Profi entfernen lassen. Das kann eine Kosmetikerin sein oder ein Hautarzt. Wer selbst Hand anlegt, verschlimmert womöglich die Entzündung, was zu größeren Pickeln und Aknenarben führen kann.
- Egal ob du dich schminkst oder nicht: Grundsätzlich solltest du Gesicht und *Dekolleté* morgens und abends mit einer Waschlotion (ph-Wert 5,5) und einem alkoholhaltigen Gesichtswasser reinigen. Damit die Haut nicht austrocknet, anschließend eine fettarme Feuchtigkeitscreme verwenden. Zur Reinigung Watte statt Waschlappen benutzen und etwa alle zwei Tage die Handtücher wechseln.

- Pickel lassen sich zwar nicht wegzaubern, aber immerhin wegschminken. Beim Make-up-Kauf darauf achten, dass die Produkte als „fettfrei“ oder „nicht komedogen“ (nicht Mitesser fördernd) ausgewiesen sind. Am besten, du lässt dich beraten.
- Peelings, also Gels mit Schleifpartikeln, klären den Teint, denn sie rubbeln die abgestorbenen Hautzellen ab. Noch besser funktioniert's, wenn du vorher ein Kamillendampfbad machst, das die Haut einweicht und zusätzlich entschlackt.

- Dass Sonnenstrahlen Pickel austrocknen, stimmt nur in Einzelfällen. Häufig lässt UV-Licht Hautunreinheiten regelrecht aufblühen. Auch weil die gute alte Sonne Hautkrebs fördert, ist sie nur mit Vorsicht und hohem Lichtschutzfaktor zu genießen.
- Auch Stress verursacht Pickel – also immer schön cool bleiben.
- Bestimmte Antibabypillen *(Verhütung)* wirken Pickeln entgegen. Sprich darüber mit deinem *Frauenarzt.* Bis das Medikament greift, kann es 6 bis 12 Wochen dauern.
- Neben der Pille gibt es auch noch Flüssigkeiten, Cremes und Medikamente ohne Hormone, die Pickel bekämpfen. Einfach mal beim Hautarzt nachhaken.

PIERCING //

(Englisch für „durchbohrend“ oder „durchdringend“) Beim Piercen werden bestimmte Körperstellen mit einer Hohlnadel durchstochen. Durch das Loch wird ein rostfreier Stahlstab geschoben, der später durch feinere Ringe oder Stecker ersetzt wird. Offiziell gilt Piercing als Körperverletzung und wird nur deshalb nicht bestraft, weil der Gepiercte sein Einverständnis dazu gibt. Bis zum 16. Lebensjahr ist Piercing gesetzlich verboten, wer unter 18 ist, braucht die schriftliche

Erlaubnis seiner Eltern. Damit du dir dabei keine Krankheiten (z. B. *Aids* oder *Hepatitis*) einfängst, solltest du auf die Hygiene im Studio achten. Vor Ort darf nicht geraucht werden, der Piercer muss bei der Arbeit Latexhandschuhe tragen und sterile Instrumente benutzen. Ein guter Piercer wird dich nach deinem Alter und Gesundheitsstatus fragen, über sämtliche Risiken mündlich und schriftlich aufklären und dir im Anschluss eine Nachsorgeanleitung mitgeben. Am besten, du lässt dir das Piercing gleich von einem praktischen Arzt stechen, denn dort gehören zeitgemäße Technik und Hygiene zum Standard. Außerdem sind Piercings beim Arzt oft billiger als in einem Studio. Wie bei einem chirurgischen Eingriff muss man beim Piercen mit einer Reihe von Risiken rechnen (z. B. Nervenverletzungen, Infektionen, allergischen Reaktionen oder Lähmungen). Beim *Brustwarzen*-Piercing können außerdem Milchkanäle durchstoßen werden, was zu Problemen beim Stillen führen kann. *Intimpiercings,* die angeblich das Lustgefühl steigern, können, je nach Platzierung, zu Dauerreiz oder Sensibilitätsverlust der Klitoris *(Geschlechtsorgane)* führen. Für Bluter oder Zuckerkranke, Thrombose-Patienten und Leute, die unter einer Infektionskrankheit leiden, sind Piecings nichts.

Es ist kaum zu glauben! Aber das gezielte Durchstechen bestimmter Körperstellen wird bereits seit Jahrtausenden von zahlreichen Kulturen vollzogen. Die frühesten Belege lassen sich bis auf 7000 Jahre zurückdatieren.

»Behave!

IF YOU CAN'T BEHAVE,
STOP READING HERE!

PILLE // → *Verhütung*

PILLE DANACH // → *Verhütung*

PILZINFEKTION //

Jucken, Rötungen und Schwellungen im Intimbereich sowie vermehrter Ausfluss können auf eine Pilzinfektion in der Vagina hindeuten. Es gibt viele Gründe für eine Infektion. Zum Beispiel Stress oder die Einnahme bestimmter Medikamente. Sie kann aber auch durch Geschlechtsverkehr übertragen werden. Weitere Informationen findest du unter dem Stichwort *Geschlechtskrankheiten* (Candiose), auch wenn die Pilzinfektion im eigentlichen Sinne keine Geschlechtskrankheit ist.

PMS //

Einige Tage vor der *Periode* leiden viele Mädchen unter *Stimmungsschwankungen,* Wassereinlagerungen, Heißhunger, Müdigkeit, Kopf- und/oder Bauchschmerzen. Sind diese Beschwerden sehr stark, spricht man vom prämenstruellen Syndrom, kurz PMS. Für die Ursache des Übels sind wahrscheinlich Hormonschwankungen *(Hormone)* verantwortlich, ganz sicher sind sich die Experten aber nicht.

PORNOGRAFIE //

Sehr detailliert dargestellten *Sex* in Filmen oder Magazinen nennt man Pornografie. Sie wirkt auf viele Menschen sehr stimulierend *(Stimulation)*, auf manche aber auch abtörnend oder verstörend und darf erst Jugendlichen ab 18 zugänglich gemacht werden. Pornos können das Sex-Leben ankurbeln, zu viel macht allerdings fantasielos und nimmt *Liebe* und Leidenschaft die Magie. Darum immer fein dosieren.

POTENZ //

(Lateinisch für „Kraft" oder „Fähigkeit") Männer werden als sexuell potent bezeichnet, wenn sie es regelmäßig schaffen, eine *Erektion* zu bekommen und diese eine Zeit lang zu halten. Das Gegenteil von Potenz ist *Impotenz.*

PROSTITUIERTE //

Darunter versteht man eine Frau, die durch *Sex* mit anderen Geld verdient. Prostitution gab es schon vor 3000 Jahren. Bis vor Kurzem galt sie in Deutschland als sittenwidrig. Um bessere Arbeitsbedingungen für Prostituierte zu schaffen, wurde 2002 ein Gesetz eingeführt, das es ihnen ermöglicht, Arbeitsverträge und Sozialversicherungen abzuschließen, ihr Gehalt einzuklagen oder beim Arbeitsamt eine Umschulung zu beantragen.

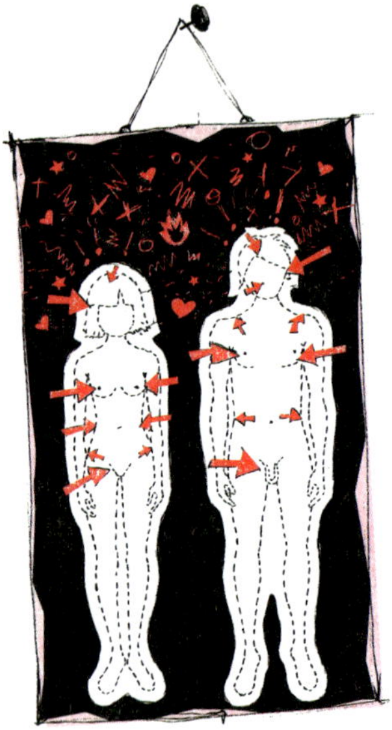

PUBERTÄT //

Wenn sich Körper und Geist plötzlich radikal verändern, bist du in der Pubertät. Auslöser für den Turnaround sind vor allem die Geschlechtshormone *(Hormone)*, die jetzt verstärkt produziert werden. Sie sorgen dafür, dass zuerst die *Schamhaare* sprießen, danach folgt ein größerer Wachstumsschub, der *Busen* entwickelt sich und schließlich bekommst du deine *Periode.* Beginn und Dauer der Pubertät sind von Mensch zu Mensch verschieden. Bei Mädels beginnt und endet sie meistens irgendwann zwischen dem 10. und 18. Lebensjahr, Jungs sind im Schnitt 2 Jahre später dran. Dass der Pubertätsbeginn individuell verschieden ist, liegt einerseits an den Genen, andererseits werden behütete Kids oft langsamer erwachsen als solche, die schon früh auf sich selbst gestellt sind (z. B. wenn die Eltern ihre eigenen Probleme oder einfach keine Zeit für sie haben). In der Pubertät fahren die Hormone Achterbahn und lassen *Pickel* sprießen. An den *Brustwarzen* und im Achsel- und Genitalbereich werden Schweißdrüsen gebildet, die bei Angst oder Anstrengung aktiv werden und dich unangenehm müffeln lassen. Helfer in der Not sind duftende Duschgels und Deos – einfach mal testen, sie wirken Wunder! Der Körper wächst in Schüben, wirkt phasenweise ziemlich unproportioniert und welche Gestalt er am Ende annehmen wird, steht in den Sternen. Logisch, dass du jetzt viel Zeit vor dem Spiegel verbringst. Manche Mädels entwickeln sich schneller als andere und beginnen sich zu vergleichen. Weil sie sich selbst noch nicht gefunden haben, suchen sie sich Vorbilder, zum Beispiel reifere, beliebtere Mitschülerinnen oder Promis, deren Art und Look sie kopieren. Außerdem verändert sich das Gehirn. Gewisse Schaltstellen im Kopf verstärken sich und machen es möglich, komplexere Zusammenhänge zu verstehen und zu analysieren. Kein Wunder also, wenn du anfängst deine Umwelt und vor allem deine Eltern infrage zu stellen. All diese Veränderungen sind aufregend, machen aber auch unsicher und verletzlich. Das Ergebnis sind *Stimmungsschwankungen* und Rückzüge in geträumte, bessere Welten. In deiner Kindheit waren deine Eltern Vorbild. Jetzt stehst du quasi vor dem Nichts und suchst nach einer eigenen Identität. Um fündig zu werden, experimentierst du, schlüpfst in unterschiedliche Rollen, gibst heute das Bad Girl und morgen die Prinzessin auf der Erbse. Du testest neue Hobbys, erprobst in Diskussionen mit Eltern und Lehrern deinen Intellekt oder wechselst die Freunde wie der Zapper die Fernsehkanäle, weil unterschiedliche Charaktere deinem Ich auf die Sprünge helfen. Das alles ist gut so, denn nur wer sich ins Leben stürzt und sich ausprobiert, kann

Wer eine Persönlichkeit werden will, muss Selbstbewusstsein entwickeln, also den Mut haben, auch mal Nein zu sagen und aus vielen Möglichkeiten diejenigen herauszufiltern, die ihm wirklich entsprechen und guttun.

herausfinden, wer er ist. Wer um die Wette säuft, nur um „in“ zu sein, ist allerdings auf der falschen Fährte. Denn wer überall ankommen will, geht irgendwann verloren. Wichtig ist, dass du dich selber magst und dich auf deine Pluspunkte konzentrierst, anstatt ständig an vermeintlichen Mängeln herumzuschrauben. Auch wenn die körperliche Entwicklung mit Pubertätsende abgeschlossen ist, das Suchen und Zweifeln hört nie ganz auf, denn im Leben gibt es immer wieder ungewohnte Situationen, in denen man sich neu erproben muss. Aber keine Sorge, denn gerade die gemeisterten Krisen verwandeln dich langsam, aber sicher in eine starke und interessante Persönlichkeit.

Q

QUICKIE //

Spontanen *Sex* zwischen Tür und Angel bezeichnet man als Quickie. *Vorspiel* und Romantik bleiben meist außen vor. In erster Linie geht's hier um Lustbefriedigung auf die Schnelle. Wichtig beim Sex mit einem Fremden: *Kondome* nicht vergessen! → *Geschlechtsverkehr*

REGELSCHMERZEN //

Weil sich während der *Periode* die Gebärmutter *(Geschlechtsorgane)* verkrampft, kommt es häufig zu Bauchschmerzen.

Hier ein paar Tipps, wie sie sich lindern lassen:

Meide koffeinhaltige Getränke wie Cola oder Kaffee. Besser: warme Getränke wie krampflösende Kräutertees aus Mönchspfeffer oder Gänsefingerkraut. Die tun auch der Psyche gut.

Entspann dich. Mach es dir gemütlich, leg dich hin, atme bewusst und tief, am besten mit einem Heizkissen auf dem Bauch.

Magnesium wirkt entkrampfend. Am einfachsten geht es mit Brausetabletten aus der Apotheke.

Leichter Sport entkrampft, denn er regt die Durchblutung des Beckens an.

Natürlich gibt es auch rezeptfreie Medikamente gegen Regelschmerzen. Wenn auch die nicht greifen, solltest du zum *Frauenarzt* gehen. Er kann dir ein stärkeres Schmerzmittel oder die Pille *(Verhütung)* verschreiben, denn auch sie hilft bei Menstruationsbeschwerden.

REITERSTELLUNG //

Beliebte *Stellung,* bei der er auf dem Rücken liegt und sie auf ihm sitzt. In dieser Position bestimmt sie das Tempo und die Tiefe der Penetration *(Geschlechtsverkehr)*. Wenn sie sich zurücklehnt und seitlich mit den Händen abstützt, stimuliert der *Penis* ihren *G-Punkt.* Dabei kann ihr Liebster ihre Klitoris streicheln.

REIZWÄSCHE // → *Dessous*

SADOMASO //

Umgangssprachlich für BDSM (Bondage & Discipline, Dominance & Submission, Sadism & Masochism). Weitere Bezeichnungen für BDSM sind bespielsweise „Kinky Sex“ oder „Ledersex“. Bei dieser *Sex-Praktik* sorgen Dominanz und Unterwerfung für Lustgewinn. Zum Ehrenkodex der BDSM-Anhänger gehört, dass alles, was passiert, im gegenseitigen Einvernehmen, unter mündigen Partnern und in einem sicheren Maß geschieht. BDSM-Begegnungen finden oft als Rollenspiele statt. Austragungsort kann ein *Dungeon* (Englisch für „Kerker“) sein, der in seiner Ausstattung häufig an die Folterkammern des Mittelalters erinnert. Wer beim Sadomaso die Macht hat, wird „Top“ genannt, der Untergebene heißt „Bottom“. Zum klassischen Repertoire von BDSM gehören Fesselspielchen und körperliche Züchtigung mit weichen Lederpeitschen oder handlichen Holzpaddeln *(Lustschmerz).*

SAFER SEX //

Englische Bezeichnung für „sicheren Sex" und der einzige Weg, um sich beim *Geschlechtsverkehr* vor *Aids* und anderen *Geschlechtskrankheiten* zu schützen. Safer Sex bedeutet, darauf zu achten, dass weder Scheiden- oder *Samenflüssigkeit* noch Blut von einem Körper in einen anderen gelangt. Auch wenn es schwerfällt: Jungs, die sich gegen Safer Sex sträuben, solltest du in die Wüste schikken. Solche Typen sind verantwortungslos, eine Gefahr für die Allgemeinheit und haben dich nicht verdient.

So geht Safer Sex:

- Beim Geschlechtsverkehr *Kondome* benutzen.
- Beim Oralsex Kondome (gibt es z. B. in Apotheken und Drogerien) oder Dental Dams (Apotheke) benutzen. Dental Dams (Lecktücher) sind dünne Latextücher. Sie werden mit *Gleitmittel* benetzt und vor dem Oralsex mit der benetzten Seite auf die Vulva *(Geschlechtsorgane)* gelegt. Alternativ kann man auch ein aufgeschnittenes Kondom oder reißfeste Haushaltsfolie nehmen. Nach einmaligem Gebrauch sollten Lecktücher, Kondome und Haushaltsfolie entsorgt werden. Natürlich können Kondome auch mal reißen. Die Lösung: Sprecht mit-

einander – und zwar bevor ihr zusammen ins Bett steigt. Je mehr du über die sexuelle Vergangenheit des anderen weißt, umso besser. Wenn ihr noch sehr jung seid, ist die Wahrscheinlichkeit, dass einer von euch beiden infiziert ist, zwar relativ gering, aber man weiß schließlich nie. Im Rausch der Gefühle werden Risiken gerne verdrängt. Hinterher kommt das böse Erwachen, nur ist es dann vielleicht zu spät. Sei also clever und sieh zu, dass Kondome und Dental Dams immer griffbereit sind. Um abtörnende Diskussionen mit deinem Liebsten zu vermeiden, kannst du den Umgang mit Kondomen zu Hause an einer Banane oder einem Besenstiel üben und beim Sex ganz lässig selbst Hand anlegen. Sei treu, denn wer häufig die Sex-Partner wechselt, läuft Gefahr, dass mal jemand dabei ist, der krank ist. Wenn ihr euch schon besser kennt, euch vertraut und plant länger zusammenzubleiben, könnt ihr euch beim Hausarzt auf HIV und, wenn ihr ganz sichergehen wollt, auf andere Geschlechtskrankheiten testen lassen. Auch viele Aids-Beratungsstellen und Gesundheitsämter führen den HIV-Test durch. Dort seid ihr ganz anonym. Bei Ärzten und Beratungsstellen kostet die Blutuntersuchung rund 25 Euro, beim Gesundheitsamt ist sie meistens kostenlos. Ist alles in Butter,

könnt ihr auf Kondom und Co. verzichten. Kommt es doch einmal zu einem Seitensprung *(Betrügen)*, ist Safer Sex natürlich Pflicht.

SAMENERGUSS //

nennt man den Spermaschwall, der beim *Orgasmus* aus der Spitze de *Penis (Eichel)* spritzt.

SAMENFLÜSSIGKEIT //

Auch Sperma oder Ejakulat genannt. Weißliche Substanz, die aus Spermien und 2 verschiedenen Flüssigkeiten besteht, die den Samen vor der sauren Scheidenflüssigkeit schützen, ihn ernähren und dafür sorgen, dass er sich in der Vagina *(Geschlechtsorgane)* leichter fortbewegen kann. In 2-3ml Ejakulat tummeln sich bis zu 300 Millionen Samenzellen. Im flüssigen Zustand ist Sperma fruchtbar und kann, wenn es per *Geschlechtsverkehr* oder Finger in die Scheide gelangt, zur *Schwangerschaft* führen. In der Vagina überleben Samenzellen nur ein paar Stunden, weil ihnen das saure Milieu nicht bekommt. Dringen sie zur Gebärmutter vor, bleiben sie dort mindestens 4 bis 5 Tage zeugungsfähig. An der Luft überleben Spermien einige Stunden, allerdings nur, wenn sie von Samenflüssigkeit umgeben sind. Trocknet sie, sterben die Samenzel-

VON WEGEN ...

... ein heißes Bad nach dem Geschlechtsverkehr verhindert eine Schwangerschaft.

Diese Methode ist absolut unwirksam. Durch ein heißes Bad wird das Sperma nicht abgetötet.

len in Sekundenschnelle ab. Die Wahrscheinlichkeit einer Schwangerschaft durch getrocknetes Sperma ist gering.
→ Samenerguss

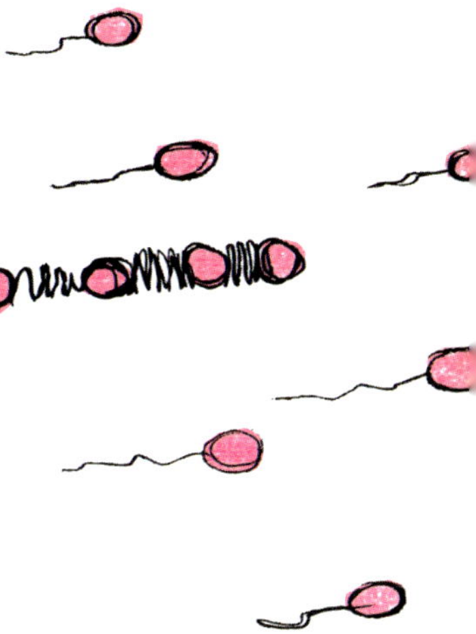

SAMENSTAU //

Manche Leute glauben, dass sich mangels *Orgasmen* Sperma im *Hoden* staut. Tatsächlich ist das absoluter Quatsch. Die Hoden produzieren zwar rund um die Uhr *Samenflüssigkeit,* allerdings sorgen sogenannte *feuchte Träume,* also nächtliche unwillkürliche *Samenergüsse,* dafür, dass alles im Lot bleibt.

SCHAMHAARE //

Mit der *Pubertät* sprießen die Schamhaare. Bei Mädels bedecken sie die äußeren Schamlippen und den Venushügel *(Geschlechtsorgane).* Bei Jungs wuchern sie rund um den *Penis* und auf dem Hodensack. Wilde Wiese, englischer Rasen oder Kahlschlag – was du mit deiner Schambehaarung anfängst, ist ganz und gar deinem Geschmack und deiner Kreativität überlassen.
→ Intimfrisur

SCHAMLIPPEN // *→ Geschlechtsorgane*

SCHEIDENPUPS //

(Lateinisch *Flatus Vaginalis,* vulgär auch „Mösenfurz“ genannt) Durch die Rein-Raus-Bewegungen des *Penis* wird beim *Geschlechtsverkehr* Luft in die Vagina *(Geschlechtsorgane)* gepumpt. Wenn sie wieder entweicht, kommt es dabei häufig zu seltsamen Furzgeräuschen. Diese Scheidenpupse sind keine Schande, denn sie riechen nicht und haben nichts mit Blähungen zu tun. Trotzdem schämen sich manche Mädels dafür. Die beste Art, damit umzugehen? Das Thema ansprechen und gemeinsam mit dem Lover darüber lachen.

SCHLUSS //

„Wir waren gerade mal drei Wochen zusammen, da hat er mit mir Schluss gemacht. Ich war total fertig und enttäuscht. Es hat lange gedauert, bis es mir besser ging.“

Anna, 14

Die Zeit heilt alle Wunden. Andere Mütter haben auch schöne Söhne. Auch wenn an solchen Phrasen was dran ist – frisch verlassen glaubst du fest daran, dass es nirgendwo auf diesem Planeten jemanden gibt, der so ist wie dein Ex. Und dass du nie, aber auch niemals über ihn hinwegkommen wirst. Wer seinen Schmerz überwinden will, muss zuerst die Tatsache akzeptieren, dass ein für alle Mal Schluss ist. Leichter gesagt als getan? Stimmt. Aber mal ehrlich – wenn er dich wirklich lieben würde, müsste er dann jetzt nicht bei dir sein? Was nützt all deine Hingabe, wenn sie nicht erwidert wird? Und welche

Verschwendung, wenn man bedenkt, dass es womöglich irgendwo einen süßen Kerl gibt, der sie so gut brauchen könnte. Such die Schuld für die gescheiterte *Liebe* nicht nur bei dir. Mach dir die schlechten Seiten deines Ex in aller Deutlichkeit bewusst. Gibt er dir das, was du brauchst? Hat er dich nicht viel zu oft verletzt? Und: Würde er sich jemals ändern? Außerdem ist es hilfreich, alles, was dich an ihn erinnert, aus deinem Umfeld zu verbannen. Also weg mit seinen Fotos und den Geschenken, die er dir gemacht hat. Leiste Trauerarbeit, denn auch ausgiebiges Weinen zu melancholischer Musik, lange Gespräche mit guten Freundinnen und kleine Ablenkungsmanöver, wie Ausflüge mit der Clique, ebnen den Weg aus dem Tal der Tränen. Wer Lust hat, kann sich seinen Kummer auch von der Seele schreiben oder auf andere Art kreativ bewältigen. Irgendwann beruhigst du dich und eines Morgens wachst du auf und denkst nicht zuerst an ihn, sondern daran, dass du unheimlich Lust auf Toast hast und mit deinen Freundinnen über die Wochenendplanung sprechen musst. Ist dieser Tag gekommen, hat die Zeit den größten Teil ihres Jobs gemacht und bald ziehst du wieder los – schlank wie nie und um einiges weiser. (Tja, *Liebeskummer* hat eben auch was Positives.) Und siehe: Die Welt ist wieder bunt und voller Möglichkeiten!

„Als Dennis mit mir Schluss gemacht hat, war ich im ersten Moment total verzweifelt, aber dann habe ich schnell gemerkt, dass ich auch nicht mehr in ihn verliebt war. Heute sind wir richtig gute Freunde."

Alina, 14

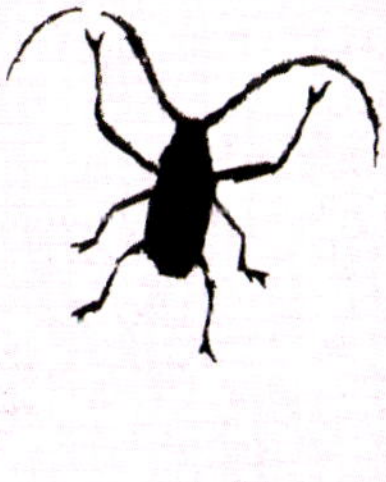

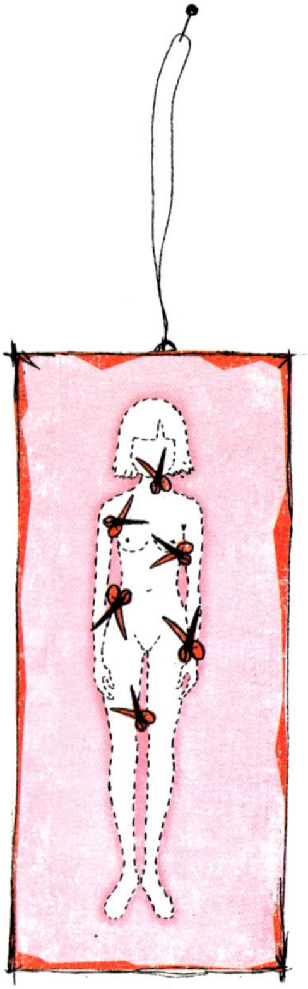

SCHÖNHEITSOPERATION //

Die Nase zu groß, der *Busen* zu klein, die Schenkel zu dick – immer mehr Mädchen sind mit ihrem Aussehen unzufrieden und legen sich unters Messer. Ob Schönheitsoperationen wirklich Sinn machen, ist schwer zu beantworten. Menschen, die sich nur über ihr Aussehen definieren, werden sich wahrscheinlich auch noch nach der zehnten OP minderwertig fühlen. Ihr Problem ist nicht ihr Körper, sondern ihr Kopf. Statt eines Chirurgen bräuchten sie psychologischen Rat. Wenn jemand aus gesundheitlichen Gründen einen Eingriff vornehmen lassen möchte, sieht das ganz anders aus – z. B. wenn durch eine Brustverkleinerung Rückenprobleme beseitigt werden können (dann zahlt auch die Krankenkasse). Jeder, der über eine Schönheits-OP nachdenkt, sollte sich klarmachen, dass ein operativer Eingriff mit Infektionen, Blutungen, Narben und Narkose-Problemen verbunden sein kann. Auch ob man mit dem Ergebnis zufrieden sein wird, steht in den Sternen. Um einen guten Chirurgen zu finden, lohnt sich auf jeden Fall ein Besuch beim Haus- oder *Frauenarzt.* Er kann eventuell Empfehlungen aussprechen.

SCHWANGERSCHAFT //

Sex macht dann schwanger, wenn *Samenflüssigkeit* in deine Scheide *(Geschlechts-*

organe) gelangt und eine reife Eizelle befruchtet. Folgende Anzeichen können auf eine Schwangerschaft hinweisen:

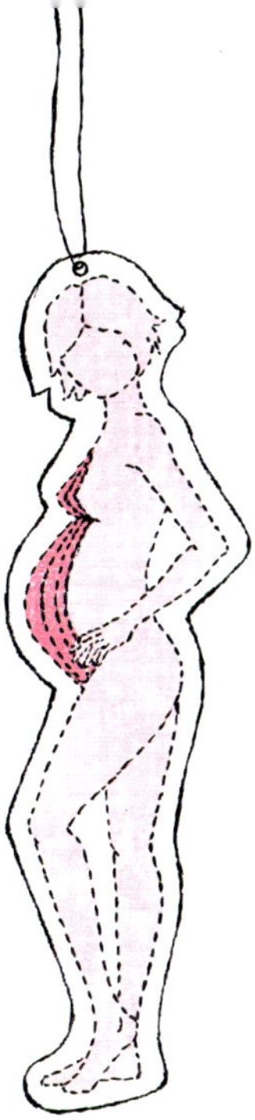

- Deine *Periode* bleibt aus oder ist schwach und dauert maximal 1 Tag.
- Dir ist schlecht, obwohl du keine verdorbenen Lebensmittel gegessen oder zu viel Alkohol getrunken hast.
- Du bist ständig müde und hast Bauch- und Rückenschmerzen, wie du sie sonst nur während der Periode bekommst.
- Dein *Busen* schwillt an, die *Brustwarzen* werden sensibler und später auch dunkler.

Wenn du glaubst, schwanger zu sein, solltest du möglichst schnell einen Schwangerschaftstest machen, denn je früher du Bescheid weißt, umso mehr Zeit hast du, um zu überlegen, wie es weitergehen soll. Falls du dich für einen *Schwangerschaftsabbruch* entscheidest, muss dieser nämlich in den ersten 12 Schwangerschaftswochen erfolgen. Schwangerschaftstests gibt es in der Apotheke, sie kosten circa 10 Euro. Sicherer ist ein Besuch beim *Frauenarzt,* weil er zusätzlich zum Test die Gebärmutter per Ultraschall untersuchen kann. Auch wenn du den Test zu Hause machst und eine Schwangerschaft feststellst, solltest du das Ergebnis noch mal vom Frauenarzt prüfen lassen. Wer sich

Als ich gemerkt habe, dass ich schwanger war, war das ein ziemlicher Schock. Kurz vorher hatte ich mit meinem Freund Schluss gemacht und ich wusste nicht, wie ich das mit dem Baby alleine schaffen sollte. Ich wollte auf jeden Fall abtreiben. Aber dann hat meine Mutter gesagt, dass sie auf das Baby aufpasst, wenn ich in der Schule bin. Heute bin ich total froh, dass Linus (2 Jahre) da ist, obwohl es manchmal ganz schön stressig mit ihm ist.

Meret, 17

für eine Schwangerschaft entscheidet, sollte wissen, dass ein Baby ein Lebewesen ist, das rund um die Uhr versorgt, bespielt, erzogen und gefördert werden will. Kurz: Ein Kind großzuziehen, ist ein sehr anstrengender und verantwortungsvoller Job, der oft völlig unterschätzt wird. Sei also ehrlich zu dir selbst und frag dich, ob du das wirklich schaffst und willst. Wenn du Angst hast, mit deinen Eltern darüber zu sprechen, solltest du dich möglichst bald an eine anerkannte Schwangerschaftskonfliktberatungsstelle wenden (Adressen im Anhang). Die Beraterinnen, die dort arbeiten, sind zum Schweigen verpflichtet. Außerdem haben sie viel Verständnis für deine Situation, sind für alle Fragen offen und werden dir helfen eine Entscheidung zu treffen. Obendrein erfährst du hier, welche Rechte und Möglichkeiten (auch in puncto finanzieller Unterstützung) du als Schwangere hast und wo du kostenlos Zuflucht findest, falls du zu Hause ausziehen möchtest (Mutter-Kind-Heime). Vielleicht hast du aber auch verständnisvolle Eltern und/oder Großeltern, die sich um das Kind kümmern, während du zur Schule gehst oder deine Ausbildung machst. Wenn du weder in die Mutterrolle schlüpfen noch abtreiben willst, kannst du das Kind auch austragen und über das Jugendamt adoptieren lassen. Einige Krankenhäuser und gemeinnützige Organisationen haben Babyklappen, wo man das Neugeborene anonym abgeben kann. Das Baby wird dort gut versorgt, kommt zunächst zu Pflegeeltern und wird später zur Adoption freigegeben.

SCHWANGERSCHAFTSABBRUCH //

Ungewollt schwanger! Dein Herz schlägt bis zum Hals, Panik und Schuldgefühle machen sich breit. Unmöglich in diesem Zustand einen klaren Gedanken zu fassen. Was du tun kannst? Erst mal tief durchatmen, denn es gibt für alles eine Lösung. Niemand muss heute ein Kind bekommen, wenn er es nicht möchte. Der Entschluss abzutreiben will aber gut überlegt sein, schließlich sollst du dich danach erleichtert fühlen. Reden ist in diesem Fall Gold. Am besten mit jemandem, dem du vertraust. Das können dein Freund oder deine Eltern sein, ein *Frauenarzt,* aber auch Leute von einer Schwangerschaftskonfliktberatung. Anerkannte Beratungsstellen gibt es zum Beispiel bei pro familia, dem Diakonischen Werk oder beim Gesundheitsamt. Der Service ist kostenlos. Am besten, du besorgst dir vorher Adresse und Telefonnummer und rufst dort an, um einen Termin zu vereinbaren. Bei der Beratung wirst du gefragt, warum du abtreiben möchtest, und über deine Rechte und Möglichkeiten informiert, auch für den Fall, dass du es dir noch ein-

VON WEGEN ...

... schwanger durch Sperma in der Badewanne.

Sollte dein Freund in der Badewanne einen Samenerguss haben, sterben die Samenzellen im Wasser sehr schnell ab. Es ist also so gut wie unmöglich, schwanger zu werden. Es sei denn, du hast dort ungeschützten Geschlechtsverkehr.

Ich wusste sofort, dass ich jetzt noch kein Kind haben wollte. Am meisten Angst hatte ich vor der Abtreibung. Aber so schlimm war es gar nicht. Viel schrecklicher war die Zeit danach. Ich musste ganz oft weinen und hatte ein schlechtes Gewissen. Jetzt weiß ich aber, dass die Entscheidung richtig war und ich bin froh, dass ich die Schule fertig machen kann. Und später möchte ich auf jeden Fall Kinder bekommen.

Lisa, 15

mal anders überlegst. Die Beratung darf nicht belehren oder bevormunden. Wichtig ist, dass du allein die Entscheidung triffst, schließlich geht es hier um deine Zukunft. Bist du unter 14 Jahren, kann verlangt werden, dass deine Eltern oder andere Erwachsene mit einbezogen werden. Bist du zwischen 14 und 16, entscheiden die Beraterin und der Arzt, der den Abbruch durchführen soll, ob du in der Lage bist, einen angemessenen Entschluss zu fassen. Wer versucht dich bei der Entscheidungsfindung massiv unter Druck zu setzen, kann wegen Nötigung bestraft werden. Solltest du dich gegen die *Schwangerschaft* entscheiden, hier die wichtigsten Daten und Fakten. Nach deutschem Recht (§ 218) ist ein Schwangerschaftsabbruch in den ersten 3 Monaten rechtswidrig, aber nicht strafbar. Im Klartext heißt das, dass unter bestimmten Voraussetzungen eine Abtreibung akzeptiert wird:

- Du musst den Abbruch ausdrücklich verlangen und dem Arzt eine Bescheinigung über einen Besuch bei einer anerkannten Schwangerschaftskonfliktberatung wie beispielsweise pro familia (Adressen im Anhang) vorlegen.
- Zwischen der Schwangerschaftskonfliktberatung und der Abtreibung müssen mindestens 3 Tage Bedenkzeit liegen.

- Der Abbruch muss innerhalb der ersten 12 Wochen stattfinden.

Nicht rechtswidrig und kostenlos ist ein Abbruch bei einer sogenannten Indikation. Es gibt medizinische und kriminologische Indikationen. Die medizinische liegt vor, wenn die Schwangerschaft zu einer schwerwiegenden körperlichen oder seelischen Belastung führen kann. Von einer kriminologischen Indikation ist die Rede, wenn die Schwangerschaft durch eine *Vergewaltigung* zustande kam oder wenn die Schwangere unter 14 Jahre alt ist. Die Indikation muss vom Arzt bescheinigt werden, der Abbruch auch hier innerhalb der ersten 12 Schwangerschaftswochen erfolgen.

www.profamilia.de/article/show/3184.html

SCHWUL // → *Homosexualität*

SEHNSUCHTSTROPFEN //
→ *Lusttropfen*

SEITENSPRUNG // → *Betrügen*

SELBSTBEFRIEDIGUNG //
Nein, Selbstbefriedigung macht nicht dumm, verursacht weder Ausfluss *(Weißfluss)* noch Blutungen und einen krummen

Rücken bekommst du davon auch nicht. Im Gegenteil: *Sex* im Alleingang tut gut, denn ein *Orgasmus* baut Stress ab, trainiert den Beckenboden (was das Lustempfinden steigert) und kann sogar Kopf- und *Regelschmerzen* lindern. Außerdem ist die Solo-Nummer die beste Vorbereitung auf Sex zu zweit, denn sie hilft dir herauszufinden, wo deine *erogenen Zonen* liegen und wie du am besten zum Orgasmus kommst. Wer es ausprobieren will, sollte sich Zeit nehmen und sich ein ruhiges Plätzchen suchen. Am besten, du beschäftigst dich zuerst mit der Klitoris *(Geschlechtsorgane).* Der sichtbare Teil der Klitoris sieht aus wie eine Erbse und liegt am vorderen Ende der inneren Schamlippen. Weil hier Nerven enden, reagiert sie auf Berührungen besonders empfindlich. Bei Erregung *(Lust)* produziert die Scheide Flüssigkeit, die als natürliches *Gleitmittel* gedacht ist. Wenn du mit dem Finger abtauchst, kannst du dir etwas davon holen und damit die Klitoris benetzen. Bist du nicht feucht genug, tun's auch Spucke oder Gleitmittel. Auf jeden Fall solltest du deine Klitoris nicht im trockenen Zustand stimulieren, denn das mag sie gar nicht. Während du mit einer Hand diesen Bereich erforschst, kannst du dich mit der anderen streicheln oder in die Scheide eindringen und deinen *G-Punkt* suchen und stimulieren. Wer nicht auf Touren kommt, sollte es mit erotischen

Fantasien probieren. Hier gilt: nur keine Hemmungen. Erlaubt ist, was scharfmacht – vom flotten Nümmerchen mit Brad Pitt bis zur anonymen Massenorgie. Selbstbefriedigung nennt man auch Onanie oder *Masturbation.*

SEX //

Sämtliche Handlungen, die dich erregen, fallen unter das Stichwort Sex. Das kann *Petting* sein, aber auch *Geschlechtsverkehr* oder *Selbstbefriedigung.*

SEX-APPEAL //

Anderes Wort für erotische Ausstrahlung. Menschen mit Sex-Appeal fühlen sich in ihrem Körper zu Hause, wissen ihre Vorzüge zu inszenieren, sich anmutig zu bewegen und meistens auch charmant zu kommunizieren. Sex-Appeal hat weniger mit einer *Traumfigur* zu tun als mit einem gesunden Selbstbewusstsein.

SEX-PRAKTIKEN //

Darunter versteht man erotische Spielarten, die für Abwechslung im Bett sorgen. Das können unterschiedliche *Stellungen* sein, aber auch *Analsex, Blasen, Oralsex, Gruppensex* oder *Sadomaso.*

SEX-PUPPEN //

sind lebensgroße Nachbildungen des weiblichen oder männlichen Körpers, die mit künstlichen Genitalien ausgestattet sind und vor allem der *Selbstbefriedigung* dienen. Während die Auswahl an Pseudomännern spärlich ist, gibt es ein riesiges Puppensortiment mit weiblicher Anatomie – von der aufblasbaren Billigversion für etwa 20 Euro bis zum naturgetreuen, vollbeweglichen Silikon-Babe mit wippenden Brüsten und *Schamhaar.* Sogar bei der Lippengröße, der Platzierung von Muttermalen, Augen- und Haarfarbe hat man freie Wahl. Der Spaß kostet allerdings rund 7000 Euro. → *Sex-Spielzeug*

SEXSHOP //

Läden, die *Sex-Spielzeug, Kondome,* Pornomagazine und -filme verkaufen, nennt man Sexshops oder Erotikshops. Manche von ihnen haben Videokabinen, in denen Sex-Filmchen gezeigt werden, etwas seltener sind *Peepshows.* Weltpremiere feierte der Sexshop 1962 in Flensburg. Er wurde von Beate Uhse eröffnet und lief unter dem Namen „Fachgeschäft für Ehehygiene“.

SEX-SPIELZEUG //

Utensilien, mit denen man sich selbst oder andere beim *Sex* stimuliert *(Stimula-*

tion), nennt man Sex-Spielzeuge oder Sex-Toys. Diese gibt es in *Sexshops,* auf Erotikmessen und im Internet. Weil die Spaßmacher nur an Volljährige verkauft werden dürfen, musst du dich bis dahin mit Alltagsgegenständen begnügen. Stifte, Kerzen oder Ähnliches in Vagina *(Geschlechtsorgane)* oder After einzuführen ist allerdings nicht empfehlenswert, denn sie können dich verletzen oder im Körper abbrechen und Infektionen auslösen. Auch von Leergut solltest du lieber die Finger lassen, denn Flaschenhälse neigen dazu, sich durch Unterdruck in Vagina oder After festzusaugen, und müssen dann eventuell vom Arzt entfernt werden. Besser: Federn und Eiswürfel zum Reizen *erogener Zonen* oder Schals zum Verbinden der Augen. Wer unbedingt Möhren oder Bananen als Dildoersatz benutzen will, sollte aus hygienischen Gründen ein *Kondom* darüberziehen. Die gängigsten Sex-Toys sind *Dildos, Vibratoren, Liebeskugeln, Butt Plugs, Sex-Puppen* und natürlich *Gleitmittel.* Letzeres bekommst du übrigens auch, wenn du noch keine 18 bist.

SEXUELLER MISSBRAUCH //

Von jemandem berührt zu werden oder jemanden zu berühren, ist schön. Menschen brauchen Streicheleinheiten und ab einem gewissen Alter auch *Sex.* Wer dich

Adressen findest du im Anhang und, nach Postleitzahlen geordnet, unter: www.wildwasser.de/adressen/alle.shtml.

jedoch zu Intimitäten drängt, geht eindeutig zu weit und macht sich, je nach Sachlage, strafbar. Sexueller Missbrauch beginnt häufig mit scheinbar harmlosen Handlungen wie ungewohnten Streicheleinheiten oder Bemerkungen über deinen Körper und steigert sich erst langsam zum sexuellen Übergriff. Also sei auf der Hut: Dein Körper gehört dir und niemand hat das Recht, ihn ohne dein Einverständnis auf schlüpfrige Art zu kommentieren oder gar anzufassen. Auch dann nicht, wenn es sich dabei um deinen Onkel, Vater oder Lehrer handelt. Mit einem klaren „Nein" zeigst du, wo deine Grenzen sind. Möglicherweise bist du dir gar nicht sicher, ob du sexuell missbraucht wirst, weil der Täter so tut, als wären seine Handlungen ganz normal. Verlass dich auf dein Gefühl, denn im Grunde spürst du genau, wenn etwas nicht stimmt. Egal, was man dir einredet, lass dich nicht einschüchtern und such dir Hilfe bei einer Person, der du vertraust. Wenn der Missbrauch außerhalb der eigenen Familie stattfindet, sprich am besten zuerst mit deinen Eltern. Ansonsten kannst du dich auch an die Eltern deiner *besten Freundin,* an einen Lehrer oder an eine Hilfsorganisation wenden.

SPANNER // → *Voyeur*

SPERMA // → *Samenflüssigkeit*

SPIRALE // → *Verhütung*

STÄNDER // → *Erektion*

STALKER //

sind Leute, die andere so lange verfolgen und/oder telefonisch terrorisieren, bis sich diese körperlich und geistig angegriffen und beeinträchtigt fühlen. Exfreunde, Schulkameraden, Arbeitskollegen, Bekannte oder Fremde – über 80 % aller Stalker sind Männer, die Opfer meistens Frauen. Stalker leiden unter Minderwertigkeitskomplexen, ihre Beweggründe sind ganz unterschiedlich. Der eine versucht zum Beispiel den Expartner zurückzugewinnen, der andere tut's, weil er sich dabei besonders mächtig fühlt. Manche stellen auch Prominenten nach, weil sie glauben, in sie *verliebt* zu sein, und hoffen, auf diese Weise auf sich aufmerksam zu machen. Stalking-Opfer sind anfangs meistens nur genervt, später oft verängstigt bis depressiv. Laut Anti-Stalking-Gesetz muss ein Stalker mit mindestens 3 Jahren Haft rechnen. Das Opfer sollte Beweise sammeln und Freunde oder Bekannte einweihen, die als Zeugen auftreten können.

STELLUNGEN //

Es gibt unterschiedlichste Stellungen, in denen du *Geschlechtsverkehr* haben kannst. Einige davon sind simpel, andere erfordern etwas Training. Sinn der Sache ist, Positionen zu finden, die dir am meisten *Lust* bereiten – also immer fleißig experimentieren. Zu den gängigsten Stellungen gehören die *Missionarsstellung,* die *Hündchenstellung,* die *Löffelchenstellung*, die *Reiterstellung* und *Neunundsechzig.* Besonders außergewöhnliche Stellungen findest du übrigens im indischen Sex-Ratgeber *Kamasutra.*

→ Sex-Praktiken

STIMMUNGSSCHWANKUNGEN //

Von himmelhochjauzend bis zu Tode betrübt. Grausam, aber leider wahr: Stimmungsschwankungen gehören zum Erwachsenwerden dazu. Während der *Pubertät* stellt sich der Hormonhaushalt *(Hormone)* in deinem Körper um. Dadurch werden auch deine Gefühle in Mitleidenschaft gezogen. So kommt es, dass du in einem Moment gut drauf bist und dich im nächsten total beschissen fühlst. Die gute Nachricht: Das bleibt nicht so. Nach 2 bis 3 Jahren sind die hormonellen Veränderungen in deinem Körper ab geschlossen und das Gefühlschaos lässt nach.

STIMULATION //

Wenn man sich selbst oder den anderen scharfmacht, spricht man von sexueller Stimulation.

STRIPTEASE //

Mit Musik unterlegter, erotischer Tanz, bei dem nach und nach sämtliche Hüllen fallen *(Ausziehen).* Ziel der Aktion ist es, den Zuschauer sexuell zu erregen *(Lust).* Einen guten Strip hinzulegen, ist gar nicht so einfach, darum lieber vorher üben. In manchen Städten werden mittlerweile Strip-Kurse angeboten. Eine gute Sache, denn Strippen verbessert Körperbewusstsein und Haltung, was dir auch im Alltag zugutekommt.

SWINGERKLUB //

Hier treffen sich Leute, die es erregend finden, zwischen verschiedenen Partnern hin und her zu pendeln (von Englisch *swing* „pendeln"). Swingerklubs sind auch bei *Voyeuren* und *Exhibitionisten* sehr beliebt, weil sehen und gesehen werden hier einfach dazugehört.
→ *Gruppensex*

SYPHILIS // → *Geschlechtskrankheiten*

WANTED
WAN
UNSCHULDIG TUN,
NICHT SEIN!

WANTED
100.000.000
REWARD

Du brauchst keine Angst zu haben, dass der Tampon irgendwo in deinem Inneren verschwindet – am Scheidenende sitzt der Muttermund und spätestens hier ist die Reise zu Ende. Also schieb ihn ruhig weit nach hinten. Erst wenn du ihn nicht mehr spürst, sitzt er an der richtigen Stelle.

TAGE // → *Periode*

TAMPON //

Stöpsel aus gepresster Watte, der während der *Periode* in die Vagina *(Geschlechtsorgane)* geschoben wird, um dort die Menstruationsflüssigkeit aufzusaugen. Bis auf den Rückholfaden, der aus der Scheide baumeln sollte, ist der Tampon unsichtbar. Beim Schwimmen oder in der Sauna kannst du den Faden zwischen den Schamlippen verstecken – dann bekommt keiner was mit. Danach solltest du den Tampon wechseln, denn über das feuchte Rückholband können Krankheitserreger in den Körper wandern. Tampons sollten nicht länger als 4 bis 8 (nachts!) Stunden in der Scheide bleiben. Die Größe richtet sich nach der Stärke der Blutung. Ist er zu groß, nimmt er neben dem Blut auch Scheidenflüssigkeit auf, die deine Vagina vor Krankheitserregern schützen soll. Dass du die richtige Größe genommen hast, erkennst du daran, dass der Tampon bis obenhin voller Menstrua-

tionsflüssigkeit ist und sich deshalb leicht entfernen lässt. Manche Mädels haben Probleme beim Einführen im Sitzen (auf dem Klo). Wenn du dich hinstellst und dich mit einem Fuß auf den Toilettenrand stützt, streckt sich die Scheide und es geht leichter. Du kannst es auch im Liegen versuchen. Beim Einführen des Tampons kann das *Jungfernhäutchen* beschädigt werden. Wer das vermeiden möchte, sollte lieber eine *Binde* benutzen.

VON WEGEN …

… ein Tampon verhütet.

Ein Tampon sollte ausschließlich bei der Regelblutung eingeführt werden, er verhütet keinesfalls. Beim Geschlechtsverkehr sollte er unbedingt entfernt werden, weil er sonst Schmerzen verursachen kann.

TATTOO //

Beim Tätowieren werden Farbpigmente mit elektrischen Nadelstichen in die Haut gebracht. Damit das Tattoo ein Leben lang hält, muss bis in die unteren Hautschichten gestochen werden, was je nach Nervendichte des Körperteils mal mehr, mal weniger wehtut. Bei Jugendlichen unter 16 gilt Tätowieren offiziell als Körperverletzung und ist damit generell verboten. Bis zur Volljährigkeit brauchst du die schriftliche Erlaubnis deiner Eltern. Ein guter Tätowierer wird dich nach deinem Alter und Gesundheitsstatus fragen, über sämtliche Risiken mündlich und schriftlich aufklären und dir im Anschluss eine Nachsorgeanleitung mitgeben. Ein gutes Tattoo-Studio legt viel Wert auf Hygiene. Um dich vor Krankheiten wie *Aids* oder *Hepatitis* zu schützen, sollte der Tätowierer bei der Arbeit Latexhandschuhe tra-

gen und sterile Einwegnadeln benutzen, die nie direkt in die Farbflasche getaucht werden dürfen. Auch technisch sollte das Studio auf dem neuesten Stand sein. Frag also detailliert nach, bevor du zur Tat schreitest, und geh woandershin, wenn dir etwas nicht passt. Mach dir Gedanken über die Wahl und Platzierung des Motivs – auf einer jungen Pobacke wirkt ein kleiner Marienkäfer sexy, mit 60 sieht das schon wieder ganz anders aus. Tattoos zu entfernen ist etwa 20-mal so teuer wie ihre Anschaffung. Außerdem kann sich dabei die Haut verfärben. Vorsicht auch bei Bio-Tattoos – sie verblassen zwar mit der Zeit, aber ganz verschwinden werden sie nie. Tattoo-Farbe kann Allergien auslösen. Wer Bluter oder zuckerkrank ist, gerade eine Thrombose-Behandlung bekommt oder eine Infektionskrankheit hat, sollte sich grundsätzlich nicht tätowieren lassen.

TELEFONSEX //

Wenn man sich via Telefon schmutzige Dinge zuflüstert und sich dabei selbst befriedigt *(Selbstbefriedigung),* spricht man von Telefonsex. *→ Dirty Talk*

TESTOSTERON // → *Hormone*

TRANSSEXUELL //

Als Transsexuelle bezeichnet man Menschen, die das Bedürfnis haben, dem anderen Geschlecht anzugehören. Im Gegensatz zu Transvestiten, die sich lediglich als Mann oder Frau verkleiden, wünschen sich Transsexuelle auch eine körperliche Umwandlung, zum Beispiel durch plastische Operationen oder die Einnahme von *Hormonen.*

TRANSVESTIT //

Menschen, die gerne Kleider des anderen Geschlechts tragen, nennt man Transvestiten. Schwul oder lesbisch *(Homosexualität)* sind sie deswegen noch lange nicht – die meisten Transvestiten führen ein ganz normales Leben und verkleiden sich nur privat.

TRAUMFIGUR //

Klar, wer würde nicht gerne aussehen wie Sienna Miller oder Gisele Bündchen? Allerdings müssen viele Stars für ihre perfekten Formen hart trainieren und sich auch beim Essen schwer zusammenreißen. Ein guter Grund, sie zu bedauern – denn mit ein paar Kilo mehr auf den Rippen kommt man genussvoller durchs

Jeder ist ein kleines Gesamtkunstwerk, eine ganz individuelle Mischung aus Optik und Persönlichkeit. Wenn du das begriffen hast, bekommst du automatisch eine sexy Ausstrahlung – auch ohne Modelmaße.

Leben, vorausgesetzt, man steht zu seinen Rundungen. Wer damit Probleme hat, sollte wissen, dass Modefotos retuschiert werden und die wenigsten Frauen so perfekt sind, wie sie in Magazinen rüberkommen. Per Computer werden Augenfarben intensiviert, Muttermale entfernt, Fältchen gemildert oder Beine verlängert. Außerdem ist Schönheit relativ. Manche Jungs stehen auf große, dürre Mädchen mit kleinem *Busen,* andere auf kleine, handliche mit knuffigen Rundungen. Wie du auch aussiehst – allen wirst du nie gefallen. Außerdem bleibt beim Hungern die Lebensfreude auf der Strecke, denn permanente Askese ist kein Picknick. Was nützt dir also Size zero, wenn dein Schwarm schließlich mit der kleinen Molligen abzieht, weil die einfach besser drauf ist? Das heißt natürlich nicht, dass du nicht auf dich achten sollst und es total wurscht ist, wie du aussiehst. Aber mehr als regelmäßige Körperpflege, ein paar Stunden Sport pro Woche und eine ausgewogene Ernährung sind wirklich nicht nötig.

TRENNUNG // → *Schluss*

TRIPPER // → *Geschlechtskrankheiten*

V

VAGINA // → *Geschlechtsorgane*

VERGEWALTIGUNG //

Wenn jemand gegen deinen Willen sexuelle Handlungen an dir vornimmt (z. B. deine Scheide anfasst), spricht man von sexueller Nötigung. Die schlimmste Form sexueller Nötigung ist die Vergewaltigung, also der Versuch, mit dem *Penis,* dem Finger oder einem Gegenstand anal, oral oder vaginal in dich einzudringen. Sexuelle Nötigung ist ein Angriff auf deine sexuelle Selbstbestimmung und wird, bei Anzeige, strafrechtlich verfolgt. Egal wie kurz dein Rock war oder wie wild du geflirtet hast – es gibt keine Rechtfertigung für gewaltsamen *Sex.* Lass dich nicht einschüchtern: Der Täter hat dich erniedrigt und seine Macht missbraucht – die Verantwortung liegt allein bei ihm. Vergewaltigungsopfer geraten oft in einen Strudel widersprüchlicher Gefühle. Ein erster Schritt aus der Krise kann ein Gespräch mit einer guten Freundin sein, professionelle Hilfe gibt es bei entsprechenden

Beratungsstellen (Adressen im Anhang). Auch wer noch nicht weiß, ob er Anzeige erstatten will, sollte sich binnen 24 Stunden ärztlich untersuchen lassen. Um die Vergewaltigung nachweisen zu können, ist es ratsam, sich vor dem Arztbesuch nicht zu waschen. Der Arzt sollte Schrammen und Blutergüsse auch außerhalb des Genitalbereichs dokumentieren, außerdem sollte nichts weggeworfen werden, was mit dem Täter in Berührung gekommen ist, selbst wenn es *Binden* oder *Tampons* sind. Eine Strafanzeige fällt umso leichter, je weniger man den Täter kennt. Häufig stammt er aber aus dem sozialen Umfeld, nicht selten ist es der eigene Freund. Ihn trotzdem anzuzeigen, kann dabei helfen, die Vergewaltigung psychisch zu verarbeiten, denn so hilflos man während der Tat auch war, jetzt ist man es nicht mehr. Jede Anzeige schreckt Täter von weiteren Vergewaltigungen ab. Kommen sie ungestraft davon, fühlen sie sich unter Umständen bestätigt. Wer Anzeige erstattet, erweist also nicht nur sich selbst, sondern auch allen anderen Frauen einen großen Dienst.

VERHÜTUNG //

Wer sich vor einer *Schwangerschaft* schützen will, hat die Qual der Wahl, denn Verhütungsmittel gibt's mittlerweile wie Sand am Meer. Lass dich am besten von

deinem *Frauenarzt* beraten. Den sichersten Schutz bieten Hormonpräparate *(Hormone).* Manche davon wirken zusätzlich starken und/oder schmerzhaften Monatsblutungen *(Periode), Pickeln* und Haarausfall entgegen. Wer mit der Pille liebäugelt, sollte sich überlegen, ob er es wirklich schafft, sie jeden Tag zur etwa gleichen Zeit einzunehmen. Gut zu wissen: Manche Hormonpräparate werden durch Medikamente wie Antibiotika oder Johanniskraut in ihrer Wirkung beeinträchtigt – darum immer die Packungsbeilage lesen. Bis du 18 bist, werden die Kosten für verschreibungspflichtige hormonelle Verhütungsmittel (Pille, Hormonspirale, Hormonstäbchen, Vaginalring, Hormonpflaster) von der Krankenkasse übernommen, zwischen dem 18. und 20. Lebensjahr musst du dazuzahlen. Hier ein Überblick über die gängigsten Verhütungsmittel. Auch *Kondome* gehören dazu. Sie schützen obendrein vor *Geschlechtskrankheiten.*

Chemische Verhütungsmittel

Darunter versteht man Cremes, Gels oder Zäpfchen, die in die Scheide eingeführt werden und deren Aufgabe es ist, Samenzellen bewegungsunfähig zu machen. Chemische Verhütungsmittel sollten immer zusammen mit einem Kondom benutzt werden. Dabei unbedingt darauf

achten, dass sich die Inhaltsstoffe des Verhütungsmittels mit dem Latex des Kondoms vertragen.

Diaphragma

Der biegsame, mit Latex bespannte Gummiring, wird kurz vor dem *Geschlechtsverkehr* mit spermienabtötendem Gel bestrichen und in die Scheide eingeführt. Dort sitzt er vor dem Muttermund und versperrt so den Samenzellen den Weg zur Gebärmutter. Diaphragmata gibt es in unterschiedlichen Größen und sie müssen vom Frauenarzt angepasst werden. Er zeigt dir auch, wie man damit umgeht.
Ein Diaphragma hat keine Nebenwirkungen. Gewichtsschwankungen von etwa 5 Kilo und fettige *Gleitmittel* beeinträchtigen seine Sicherheit. Außerdem sollte man es regelmäßig auf Risse und Löcher prüfen, indem man es mit Wasser füllt oder gegens Licht hält. Nach dem Sex muss das Diaphragma noch 8 Stunden in der Scheide bleiben, also so lange, bis die Samenzellen, die dort herumschwimmen, unfruchtbar sind. Anschließend mit klarem Wasser reinigen, abtrocknen und dunkel (in einem Kästchen) aufbewahren.
Ein Diaphragma hält maximal 2 Jahre und sollte regelmäßig vom Frauenarzt gecheckt werden.

Hormonimplantat

Das etwa streichholzlange und 2 Millimeter dicke, biegsame Kunststoffstäbchen ist mit einem Hormondepot ausgestattet und wird unsichtbar ins Unterhautfettgewebe des inneren Oberarms eingesetzt. Von dort gibt es kleine Hormonmengen an den Körper ab. Der Eingriff sollte von einem extra dafür geschulten Arzt vorgenommen werden. Er dauert nur ein paar Minuten und erfolgt meistens unter örtlicher Betäubung. Hormonstäbchen müssen nach circa 3 Jahren ausgetauscht werden, die Wirkungsweise entspricht der der Pille, soll aber noch sicherer sein. Mögliche Nebenwirkungen sind Kopfschmerzen, Gewichtszunahme, Pickel und Brustspannen. Magen-Darm-Beschwerden beeinflussen die Wirkung nicht. Manchmal wird die Monatsblutung stärker, bei manchen Frauen bleibt sie nach einiger Zeit auch aus.

Hormonspirale

Kunststoffgebilde, das mit einem Hormondepot versehen ist, dessen Inhalt den Gebärmutterschleim dicker und damit undurchlässiger für *Samenflüssigkeit* macht. Die Hormonspirale wird vom Frauenarzt in die Gebärmutter eingesetzt. Bei Frauen, die keine Kinder haben, ist die Gebärmutter manchmal zu klein, sodass sie sich für eine andere Verhütungsform

entscheiden müssen. Mögliche Nebenwirkungen sind Brustspannen, *Stimmungsschwankungen,* Pickel, abnehmende *Libido,* Blutungsstörungen und eine leicht erhöhte Wahrscheinlichkeit von Eierstockzysten. Beim Einsetzen und danach kommt es häufig zu Unterbauchschmerzen, später ist die Spirale nicht mehr spürbar. Trotz niedriger Hormonkonzentration gilt die Hormonspirale als sehr sicher, außerdem muss sie erst nach etwa 5 Jahren ausgetauscht werden. Im Unterschied zur Pille bleibt bei ihr der natürliche Zyklus erhalten, sodass man theoretisch gleich nach ihrem Entfernen schwanger werden kann. Wie die Pille kann sie schmerzhafte Monatsblutungen mildern und verkürzen. Pillentypische Probleme wie Einnahmefehler sind hier kein Thema, auch Durchfall oder Erbrechen beeinflussen ihre Wirkung nicht.

lea contraceptivum

Silikonkappe, die wie das Diaphragma vor dem Verkehr mit spermienabtötendem Gel bestrichen und vor den Muttermund gesetzt wird. Das lea contraceptivum gibt es rezeptfrei in der Apotheke, ist nur in einer Größe erhältlich und passt sich der Scheide von selbst an. Bei richtiger Handhabung und guter Kenntnis des eigenen Körpers gilt es als sicher.

Natürliche Verhütung

Dabei werden durch tägliches Messen der Morgentemperatur und Beobachtung von Gebärmutterschleim *(Weißfluss)* und Muttermund die *fruchtbaren Tage* ermittelt. Natürliche Verhütung setzt unbedingt voraus, dass man seinen Körper sehr gut kennt. Für junge Frauen ist sie ungeeignet, weil sie noch keinen geregelten Zyklus haben.

GUT ZU WISSEN!

Flugreisen, Stress, Krankheiten und viele andere Ereignisse können dazu führen, dass sich der Zyklus verschiebt.

Pille

Gemeint ist die Mikropille, also die neuste Generation der Antibabypille, die trotz niedriger Hormonmengen sicher verhütet. Verschreiben lassen kannst du sie dir schon mit 14. Normalerweise brauchst du dazu das Einverständnis deiner Eltern. Wenn dein Arzt dich rundum für reif genug hält, kommst du auch ohne deren Zustimmung aus. Ab 16 entscheidest du selbst. Apropos: Der Arzt unterliegt der Schweigepflicht und darf deinen Eltern nichts sagen. Mit der Einnahme der Pille beginnst du am 1. Tag deiner *Periode.* Von diesem Zeitpunkt an bist du vor einer Schwangerschaft geschützt. Das Hormonpräparat hemmt den Reifungsprozess der Eizelle, sorgt für einen dickflüssigen und damit spermienundurchlässigen Gebärmutterschleim und verhindert außerdem den Aufbau der Gebärmutterschleimhaut,

der das Einnisten des Eis ermöglicht. Die meisten Pillen werden rund 3 Wochen lang täglich geschluckt, danach folgt eine 1-wöchige Einnahmepause, in der die Monatsblutung eintritt. Auch in dieser Phase bist du vor einer Schwangerschaft geschützt. Bei vorschriftsmäßiger Anwendung ist die Pille beinahe einhundertprozentig sicher. Als netter Nebeneffekt wirkt sie Pickeln und Haarausfall entgegen. Die Nachteile: Anwendungsfehler, Erbrechen, Durchfall oder die Einnahme bestimmter Medikamente können ihre Wirkung beeinträchtigen – Alkohol hat allerdings keinen Einfluss auf die Sicherheit. Außerdem erhöht die Pille das Thrombose-Risiko, was vor allem bei Raucherinnen problematisch sein kann. Manche Mädchen klagen auch über Übelkeit, Gewichtszunahme und eine schwächelnde Libido. Wer Probleme mit seiner Pille hat, sollte eine andere testen, bei der die Hormone anders kombiniert oder niedriger dosiert sind. Die Pille mit der niedrigsten Dosierung ist die Minipille. Sie wird ohne Einnahmepause jeden Tag eingenommen, auch während der Monatsblutung. Nachteil herkömmlicher Mini-Pillen: Sie müssen immer zur gleichen Zeit geschluckt werden – der Einnahmespielraum beträgt maximal 3 Stunden. Mittlerweile gibt es allerdings eine neue Minipille, bei der das nicht mehr der Fall ist.

VON WEGEN …

… es ist nicht schlimm, wenn du die Pille mal vergisst.

Du musst die Pille alle 24 Stunden nehmen, zwischen den Einnahmen dürfen höchstens 36 Stunden liegen. Hast du diesen Zeitpunkt verpasst, verhütet die Pille nicht mehr sicher. Absolutes Muss: Bis du die nächste Packung anfängst, unbedingt zusätzlich verhüten, am besten mit Kondomen.

Pille danach

Kondom gerissen oder abgerutscht? Pille vergessen? Verhütungspannen passieren und können einen ganz schön nervös machen. Zum Glück gibt es heute die Pille danach. Mit ihr lässt sich eine Schwangerschaft mit großer Wahrscheinlichkeit verhindern – vorausgesetzt, sie wird binnen 72 Stunden nach dem Geschlechtsverkehr eingenommen. Weil sie ein Hormonhammer ist, sollte sie nur im Notfall geschluckt werden. Je früher, umso sicherer ist ihre Wirkung. Die Pille danach gibt's in der Apotheke und muss ärztlich verschrieben werden. Passiert die Verhütungspanne am Wochenende oder an einem Feiertag, kannst du dir das Rezept beim ärztlichen Notdienst oder in den Ambulanzen der Kliniken abholen. Das Medikament wird einmalig eingenommen und kommt als Packung mit 1 oder 2 Pillen. Mittlerweile ist die Pille danach recht gut verträglich. Mögliche Nebenwirkungen sind Zwischen- und Schmierblutungen, Kopfschmerzen, Brustspannen oder Übelkeit. Wer sich innerhalb von 3 Stunden nach Pillengebrauch erbricht, muss sich ein neues Rezept besorgen und sie erneut einnehmen. Normalerweise tritt danach die Periode zum gewohnten Zeitpunkt ein. Bleibt sie innerhalb der nächsten 3 Wochen aus, solltest du einen Schwangerschaftstest machen lassen. Sind nach der Verhütungs-

GUT ZU WISSEN!

Wenn du die Mikropille nimmst, kannst du deine Tage auch mal verschieben (z. B. wenn du einen Strandurlaub planst). In diesem Fall beginnst du am Ende der letzten Packung gleich mit der nächsten und nimmst die Pille so lange weiter (maximal 14 Tage), bis du deine Periode bekommen willst. Dann legst du, wie gewohnt, eine Einnahmepause von 7 Tagen ein und beginnst anschließend mit einer neuen, kompletten Packung (21 Pillen).

Pro Familia hat für die „Pille danach" ein Infotelefon eingerichtet. Dort kannst du dich rund um die Uhr informieren: 01805 776326

panne mehr als 72 Stunden vergangen, gibt es noch die Möglichkeit, sich beim Arzt eine Spirale einsetzen zu lassen. Sie kann verhindern, dass sich das befruchtete Ei in der Gebärmutter einnistet.

Spirale

Kleines Kunststoffgebilde, das mit einem feinen Kupferdraht umwickelt ist. Die Spirale wird vom Frauenarzt in die Gebärmutter eingesetzt, wo sie als Fremdkörper erkannt wird und so eine Abstoßreaktion auslöst, die das Einnisten des Eis verhindert. Auch der Kupferdraht erschwert das Einnisten des Eis und behindert außerdem die Samenzellen in ihrer Beweglichkeit. Die Spirale muss nach 3 bis 5 Jahren ausgetauscht werden, beim Einsetzen und danach kann es zu Unterleibsschmerzen kommen. Vorteile der Spirale: Sie greift nicht in den Hormonhaushalt ein, außerdem sind Pannen durch Anwendungsfehler, Übelkeit und/oder Erbrechen ausgeschlossen. Nebenwirkungen können Entzündungen, starke *Regelschmerzen,* Blutungen und Eileiterschwangerschaften sein. Bei Frauen, die keine Kinder haben, ist die Gebärmutter manchmal zu klein für eine Spirale, sodass sie sich eine andere Verhütungsform aussuchen müssen. Hin und wieder kommt es auch vor, dass die Spirale vom Körper abgestoßen wird.

Vaginalring

Flexibler, mit Hormonen angereicherter Kunststoffring, den man selbst, wie einen *Tampon,* in die Scheide einführt. Von dort aus gibt er geringe Hormonmengen ab, deren Wirkung, auch in puncto Sicherheit, der Pille entsprechen. Der Vaginalring muss nach 3 Wochen entfernt werden. Es folgt eine 1-wöchige Pause, in der die Monatsblutung eintritt, dann wird ein neuer Ring eingesetzt. Rutscht der Ring aus der Scheide, sollte er abgewaschen und möglichst schnell wieder eingesetzt werden, denn nach 3 Stunden ist der Verhütungsschutz nicht mehr garantiert. Durchfall und Erbrechen beeinträchtigen die Wirkung nicht, allerdings können Nebenwirkungen wie Kopfschmerzen, Scheidenentzündungen und Ausfluss auftreten. In welchem Maß der Ring eine erhöhte Thrombosegefahr darstellt, ist noch nicht geklärt.

Verhütungspflaster

Es wird zum Beispiel auf Bauch oder Po geklebt und gibt von dort aus Hormone ab, deren verhütende Wirkung der Pille entsprechen. Das Pflaster bleibt 3 Wochen an seinem Platz, dann wird es abgenommen. Nach 1-wöchiger Anwendungspause, in der die Monatsblutung eintritt, wird ein neues Pflaster aufgeklebt. Selbst schwim-

men und saunieren beeinträchtigen seine Wirkung nicht. Sollte es sich einmal vollständig ablösen, muss es innerhalb von 24 Stunden durch ein neues Pflaster ersetzt werden. Verhütungspflaster gelten als sehr sicher, auch bei Durchfall und Erbrechen. Die Nebenwirkungen entsprechen denen der Pille, außerdem kann es zu Hautreaktionen wie Rötungen kommen. Nicht geeignet für Frauen, die mehr als 90 Kilo wiegen.

VERLIEBT //

Schmetterlinge im Bauch, dein Herz schlägt Purzelbäume? Kein Zweifel, du bist verliebt! Glücksgefühle versetzen dich in einen Rausch, der ewig anhalten soll. Doch die hormonelle Ausnahmesituation ist nie von Dauer und nicht zu verwechseln mit *Liebe.* Denn: Wenn es zwischen zwei Menschen funkt, hat das vor allem mit Chemie zu tun. Okay, der erste Eindruck geht über die Augen: Ist ein Junge groß oder klein, blond oder dunkelhaarig, trägt er klassische oder modische Klamotten. Allerdings entscheidet auch hier nicht allein der freie Wille. Ob jemand den Sehtest besteht, hängt nämlich auch davon ab, ob sein Aussehen uns negative oder positive Gefühle beschert, also ob uns sein Lächeln an den heißgeliebten Ex erinnert oder an den verhassten

Mathelehrer. Aber Optik ist nicht alles. Ein großer Teil der Partnerwahl geht durch die Nase. Denn wir alle sondern bestimmte Stoffe ab, die darüber entscheiden, ob wir einander riechen können oder nicht. Diese Stoffe nennt man Pheromone. Sie sind Erregungsträger, die über Vaginalsekrete und Körperschweiß ausgeschieden werden. Dass wir sie wahrnehmen können, liegt am Vomeronasalorgan oder VNO. Das ist eine Art sechster Sinn, der in unserer Nase sitzt und etwa 1000-mal empfindlicher ist als der Riechkolben selbst. Benutzt unser Gegenüber weder Deo noch Parfum, können wir über das VNO seinen Gen-Cocktail erschnüffeln, den wir, je nach Zyklusphase *(Periode)*, unterschiedlich beurteilen. An den *fruchtbaren Tagen* stehen wir auf sehr maskuline Männer, weil sich deren Erbgut stark von unserem unterscheidet, es damit ergänzt und so einen gesunden Nachwuchs sichert. Weil sich Gene auch im Gesicht widerspiegeln, bevorzugen wir in dieser Zeit Jungs mit markanten Gesichtszügen. Außerhalb der fruchtbaren Zeit aber stehen wir auf softere Typen, deren Erbgut dem unseren ähnelt, weil wir uns von ihnen mehr Treue und Hingabe bei der Aufzucht eines Kindes versprechen. Das alles passiert allerdings unbewusst und selbst dann, wenn gar kein Baby geplant ist. Nach der Initialzündung entfacht das Gehirn ein Hormonfeuerwerk,

„Bei mir war es Liebe auf den ersten Blick. Ich habe Jan gesehen und dachte wow! Von da an konnte ich nur noch an ihn denken und mir wurde immer ganz schlecht in seiner Nähe."

Lena, 14

„Ich bin schon länger mit meinem Freund zusammen, trotzdem habe ich mich in seinen besten Freund verliebt. Ich habe nie was mit ihm angefangen, aber ich bekomme ihn einfach nicht aus meinem Kopf."

Julia, 16

„Ich habe mich in einen Klassenkameraden verknallt, denke aber, dass ich keine Chance bei ihm habe. Ich weiß nicht, was ich machen soll. Meine Freundinnen sagen, dass ich die Initiative egreifen muss."

Lena, 14

das dafür sorgt, dass wir uns verlieben. Eines dieser Hormone ist das Phenylethylamin (PEA), das uns beim Anblick des Schwarms „high" werden lässt und den Blick auf seine Schwachpunkte vernebelt. Kein Wunder, denn rein chemisch betrachtet gehört PEA zu den Amphe-taminen, die in vielen aufputschenden Rauschmitteln vorkommen. Auch dass wir im Stadium des ersten Verliebtseins keinen Hunger haben, liegt am PEA. Nebenbei stimuliert Dopamin unser *Lust-* und Belohnungszentrum im Gehirn, was zu sexuellem Verlangen führt, die Stresshormone Adrenalin und Noradrenalin sorgen für die besagten Schmetterlinge im Bauch und steigern unsere körperliche Leistung. Serotonin ist ein Gute-Laune-Hormon. Frischverliebte haben einen ähnlich niedrigen Serotonin-Spiegel wie Zwangsneurotiker, was dazu führt, dass sie an nichts anderes denken können als an ihren Partner und schneller eifersüchtig werden als gewöhnlich. Der biologische Sinn dieses Hormonrausches ist, dass wir uns so lange treu bleiben, bis ein vermeintliches Kind aus dem Gröbsten raus ist. Nach maximal 3 bis 4 Jahren beruhigen sich die Hormone wieder. Das heißt aber nicht, dass jetzt unbedingt *Schluss* sein muss. Wenn Paare mehr verbindet als bloße Leidenschaft, kann aus Verliebtheit Liebe werden.

VIBRATOR //

Darunter versteht man *Dildos,* die per Elektromotor zum Vibrieren gebracht werden. Vibratoren eignen sich super, um die Klitoris *(Geschlechtsorgane)* oder andere *erogene Zonen* zu stimulieren, werden aber auch vaginal oder anal eingesetzt. Mittlerweile gibt es z. B. Modelle mit rotierenden Kugeln, die den Scheideneingang massieren oder Exemplare mit beweglicher *Vorhaut.* Genau wie Dildos sollten Vibratoren aus Acrylglas, Alu, Edelstahl, Glas, Granit, Ahornholz, Silikon oder Naturlatex sein. Nach Gebrauch auf jeden Fall gut reinigen und beim Tête-à-Tête vorsichtshalber mit einem *Kondom* versehen. *→ Sex-Spielzeug*

VORHAUT //

Sie umschließt die Penisspitze *(Eichel)* und schützt sie vor Verletzungen, Reibung und Feuchtigkeitsverlust.
→ Beschneidung

VORSPIEL //

findet im Idealfall vor dem *Geschlechtsverkehr* statt und ist dazu da, sich gegenseitig zu erregen *(Stimulation).* Das Vorspiel ist vor allem für uns Mädels wichtig, denn während die meisten Jungs schon beim bloßen Gedanken an *Sex* in Fahrt geraten, brauchen wir dazu oft etwas Zeit.

Aber nur wenn wir erregt sind, produziert unsere Scheide *(Geschlechtsorgane)* genügend Flüssigkeit *(Gleitmittel)* für reibungslosen, lustvollen Sex.

VOYEUR //

(Französisch für „Seher") Leute, die es antörnt, spärlich bekleidete oder nackte Menschen (beim *Sex)* zu beobachten, nennt man Voyeure oder Spanner. Sie tummeln sich oft an Orten, wo es viel Haut zu sehen gibt (z. B. in Saunen, Schwimmbädern, *Swingerklubs).* Bis zu einem gewissen Grad gilt Spannen als normal. Wer Menschen allerdings ohne ihre Einwilligung in ihrer Wohnung oder an einem anderen geschützten Ort filmt oder fotografiert, wird mit einem Bußgeld oder einer Freiheitsstrafe von maximal einem Jahr bestraft. Das Gegenteil vom Voyeur ist der *Exhibitionist.*

W

WECHSELJAHRE //

Schon bei der Geburt hortest du in deinen Eierstöcken etwa 400.000 Eizellen. Maximal 500 werden verbraucht, der Rest im Laufe der Zeit vom Körper ausgeschieden. Wenn du etwa 50 Jahre alt bist, sind keine Eier mehr übrig, das heißt, du kannst keine Kinder mehr bekommen. Weil sich in dieser Phase obendrein der Hormonhaushalt *(Hormone)* umstellt, spricht man von Wechseljahren.

WEISSFLUSS //

Findest du manchmal einen leicht säuerlich riechenden Schleim in deinem Slip? Keine Sorge – dieser auch Zervixschleim genannte Ausfluss stammt aus dem Gebärmutterhals und ist ein harmloser Vorbote deiner *Periode.* Wenn du bereits deine Tage hast, verändert sich der Schleim innerhalb des Zyklus. Zu Beginn ist er zäh und klebrig. Zur Zeit des Eisprungs wird er glasklar, dünnflüssig und lässt sich zwischen den Fingern zu elastischen Fäden spinnen. Nach dem Eisprung wird

weniger Schleim produziert, er wird dickflüssiger und bildet schließlich eine Art Stöpsel, der den Gebärmutterhals gegen Samenzellen und Krankheitserreger abschottet. Manche Frauen richten sich bei der *Verhütung* nach der Konsistenz des Zervixschleims. Weil dein Zyklus in den ersten Jahren aber noch sehr unregelmäßig ist, solltest du dich nicht darauf verlassen. Ist der Weißfluss sehr stark, helfen Slipeinlagen, die es inzwischen auch für Stringtangas gibt. Wenn Weißfluss übel riecht, sich grün-gelb verfärbt und deine Scheide anfängt zu jucken oder zu brennen, solltest du unbedingt zum *Frauenarzt* gehen.

WICHSEN //

Umgangssprachlich für *Selbstbefriedigung* bei Männern.

Z

ZUNGENKUSS //

Weil sich bei ihm nicht nur die Lippen, sondern auch die Zungen berühren, ist er der intimste Kuss von allen. Wie gut sich der Kuss anfühlt, ist eine Frage von Leidenschaft und Übung. Meistens entwickelt jeder im Laufe der Zeit seine eigene Kusstechnik und Frischverliebte müssen sich oft erst einmal „warmküssen".

Hier ein paar Tipps zum Thema Zungenkuss:

- ★ Sorge für frischen Atem und saubere Zähne.
- ★ Lass dir Zeit. Suche seine Lippen mit deinen, sauge sanft daran, ohne dabei die Zähne einzusetzen.
- ★ Erst wenn sich eure Lippen ausführlich erforscht haben, sollte langsam die Zunge ins Spiel kommen. Versuche dabei den Mund nicht zu weit aufzureißen.
- ★ Achte darauf, dass deine Zunge leicht gespannt und nicht zu feucht ist. Ein nasser Lappen ist nicht sehr sexy.

- Verlass dich auf dein Gefühl. Bewege deine Zunge leicht und spielerisch. Mal folgst du seinen Bewegungen, dann wieder gibst du sanft den Ton an.
- Wenn du mehr Erfahrung oder einfach mehr Talent hast, zeige ihm, wie du geküsst werden willst, und bitte ihn, es dir gleichzutun.

Mach dir keinen Stress, wenn es nicht sofort klappt. Manche küssen anfangs zu stürmisch, andere zu feucht. Wer sich über dich lustig macht, hat meistens selbst ein Problem. Vielleicht hast du ja auch einen *besten Freund,* mit dem du ein bisschen üben kannst. Wenn nicht – auch zwei Finger sind ein prima Lippenersatz.
→ *Küssen*

ZU FRÜH KOMMEN //

Während viele Mädels für einen *Orgasmus* Zeit brauchen, kommen Jungs oft kurz nach der Penetration *(Geschlechtsverkehr)*, was häufig daran liegt, dass sie besonders leicht erregbar sind und außerdem zu wenig Erfahrung haben, um ihren Orgasmus zu steuern. Wenn's passiert, ist ihnen das meistens furchtbar peinlich.

Hier ein paar Tipps, die helfen, das Problem in den Griff zu bekommen:

- Zeig Verständnis, denn nur Übung macht den Meister. Zusätzlicher Druck kann zu Problemen bei der *Erektion* führen. Lass ihn also kommen und bitte ihn danach, dich durch Streicheln zum Höhepunkt zu bringen.
- Lasst es langsam angehen. Bewegungspausen während des Verkehrs geben ihm die Chance, sich etwas abzuregen.
- Benutzt *Kondome,* denn sie dämpfen die Sensibilität des *Penis.*

ZYKLUS // → *Periode*

Nicht immer will man seine Fragen und Probleme mit seinen Eltern oder Freunden besprechen. Hier ein paar gute Adressen, an die du dich wenden kannst, wenn's mal hakt.

DEUTSCHLAND

Die Telefonseelsorge ist deutschlandweit täglich 24 Stunden erreichbar unter:
+49 800 1110111 oder +49 800 1110222

Bei Fragen zu Sex, Schwangerschaft und Schwangerschaftsabbruch

pro familia – Deutsche Gesellschaft für Familienplanung, Sexualpädagogik und Sexualberatung e.V. Bundesverband
Stresemannallee 3, 60596 Frankfurt
Tel. +49 69 639002
www.profamilia.de

Sozialdienst katholischer Frauen – Zentrale e.V.
Agnes-Neuhaus-Straße 5, 44135 Dortmund
Tel. +49 231 557026-0
www.skf-zentrale.de

Diakonisches Werk der Evangelischen Kirche in Deutschland e.V.
Reichensteiner Weg 24, 14195 Berlin
Tel. +49 30 83001130
www.diakonie.de

Bei allgemeinen seelischen Problemen

„Die Nummer gegen Kummer“ heißt das Kinder- und Jugendtelefon des Deutschen Kinderschutzbundes. Unter der Telefonnummer +49 800 1110333 gibt es bundesweit Hilfe zu Problemen aller Art.
www.nummer-gegen-kummer.de

kids-hotline
Kathi-Kobus-Straße 9, 80797 München
Tel. +49 89 2317169950
www.kids-hotline.de

Psychologische Beratungsstelle für Kinder, Jugendliche und Eltern
Bahnhofstraße 55/57, 69115 Heidelberg
www.psychologischeberatung-hd-caritas.de

pro familia – Deutsche Gesellschaft für Familienplanung, Sexualpädagogik und Sexualberatung e.V. Bundesverband,
Stresemannallee 3, 60596 Frankfurt
Tel. +49 69 639002
www.profamilia.de

Loveline – Jugend-Homepage der Bundeszentrale für gesundheitliche Aufklärung
Ostmerheimer Straße 220, 51109 Köln
Tel. +49 221 89920
www.loveline.de

Bei Essstörungen

Cinderella e.V.
Beratungsstelle für Essstörungen
Westendstraße 35, 80339 München
Tel. +49 89 5021212
www.cinderella-rat-bei-essstoerungen.de

Bundeszentrale für gesundheitliche Aufklärung
Ostmerheimer Straße 220, 51109 Köln
Tel. +49 221 892031
www.bzga-essstoerungen.de

Kabera e.V.
Goethestraße 31, 34119 Kassel
Tel. +49 561 70133-10
www.kabera.de

Bei sexuellem Missbrauch und sexueller Nötigung/Vergewaltigung

Wildwasser – Arbeitsgemeinschaft gegen sexuellen Missbrauch an Mädchen e.V.
Dircksen Straße 47, 10176 Berlin
Tel. +49 30 2824427

Adressen in deiner Nähe findest du unter:
www.wildwasser.de/adressen/alle

Allerleirauh e.V.
Menckesallee 13, 22089 Hamburg
Tel. +49 40 29834483
www.allerleirauh.de

Power-Child e.V.
Adalbertstraße 28, 80799 München
Tel. +49 89 38666888
www.power-child.de

Notruf für vergewaltigte Frauen e.V.
Güllstraße 3, 80336 München
Tel. +49 89 763737

Bei Problemen mit Alkohol und Drogen

Hilfe und Beratung gibt es über das Info-Telefon der Bundeszentrale für gesundheitliche Aufklärung.
Tel. +49 221 892031

Bei Fragen zu Aids

Telefonische Aids-Beratung bundesweit unter: +49 19411

Bundeszentrale für gesundheitliche Aufklärung
Ostmerheimer Straße 220, 51109 Köln
Tel. +49 221 899231
www.aidsberatung.de

Bei Fragen zu Homosexualität

Checkpoint
Pipinstraße 7, 50667 Köln
Tel. +49 221 92576811
www.checkpoint-cologne.de

Fliederlich e.V.
Schwulesbisches Zentrum
Breite Gasse 76, 90402 Nürnberg
Tel. +49 911 4234570
www.nuernberg.gay-web.de/fliederlich

Rat & Tat
Zentrum für Schwule und Lesben
Theodor-Körner-Straße 1, 28203 Bremen
Tel. +49 421 700007
www.ratundtat-bremen.de

ÖSTERREICH

Bei Fragen zu Sex, Schwangerschaft und Schwangerschaftsabbruch

First Love – Beratungsstelle der ÖGF (Österreichische Gesellschaft für Familienplanung) Adressenvermittlung unter: www.firstlove.at

Pro Woman – Ambulatorium für Sexualmedizin und Schwangerenhilfe
Fleischmarkt 26, 1010 Wien
Tel. +43 1 512 9631250
www.prowoman.at

Bei allgemeinen seelischen Problemen

Telefonseelsorge Österreich
Bundesweiter Notruf: 142

www.dioezese-linz.at
Krisun – Beratung für Jugendliche in Krisensituationen
Frauenwiese 31, 8605 Kapfenberg
Tel. +43 386222963
www.krisun.at

Bei Essstörungen

Netzwerk Essstörungen
Tempestraße 22, 6020 Innsbruck
Tel. +43 512 576026
www.netzwerk-essstoerungen.at

Bei sexuellem Missbrauch und sexueller Nötigung/Vergewaltigung

Die Möwe – Kinderschutzzentren
Börsegasse 9/1, 1010 Wien
Tel. +43 1 532 1414
Helpline +43 800 808088
www.die-moewe.at

Verein Tamar – Beratungsstelle für misshandelte und sexuell missbrauchte Frauen und Mädchen
Wexstraße 22/3/1, 1200 Wien
Tel. +43 1 33 40437
www.tamar.at

Frauennotruf Salzburg
Haydnstraße 2, 5020 Salzburg
Tel. +43 662 881100

Bei Problemen mit Alkohol und Drogen

Kolping Drogenberatung
Paulanergasse 11, 1040 Wien,
Tel. +43 1 581 5303
www.kolping.at/drogenberatung

Bei Fragen zu Aids

Aidshilfe Salzburg
Linzer Bundesstraße 10, 5020 Salzburg
Tel. +43 662 881488
www.aidshilfen.at

Bei Fragen zu Homosexualität

Rosa Lila Villa –
Haus für Lesben und Schwule
Linke Wienzeile 102, 1060 Wien
Tel. +43 1 586 8150
www.villa.at

SCHWEIZ

Allgemeine Beratung

Pro Familia Schweiz
Marktgasse 36, 3011 Bern
Tel. +41 31 381 9030
www.profamilia.ch

Bei Fragen zu Sex, Schwangerschaft und Schwangerschaftsabbruch

pro juventute – Hauptsitz
Thurgauerstraße 39, 8050 Zürich
Tel. +41 44 2567777
www.147.ch

Bei allgemeinen seelischen Problemen

Kids Trouble Line
Tel. +41 41 2488111

pro juventute – Hauptsitz
Thurgauerstraße 39, 8050 Zürich
Tel. +41 44 2567777
www.147.ch

Bei Essstörungen

Arbeitsgemeinschaft Ess-Störungen AES
Feldeggstraße 69, 8008 Zürich
Tel. +41 43 4886373
www.aes.ch

Bei sexuellem Missbrauch und sexueller Nötigung/Vergewaltigung

Mädchenhaus Zürich – Wohnraum, Schutz und (Opferhilfe-)Beratung für Mädchen und junge Frauen, die von sexueller, seelischer und körperlicher Gewalt betroffen sind
Postfach 1923, 8031 Zürich

Tel. +41 44 3414945
www.maedchenhaus.ch

pro juventute – Hauptsitz
Thurgauerstraße 39, 8050 Zürich
Tel. +41 44 2567777
www.147.ch

Bei Problemen mit Alkohol und Drogen

Jugend- und Drogenberatung der Region Baden-Wettingen
Mellingerstraße 30, 5400 Baden
Tel. +41 56 2005577

pro juventute – Hauptsitz
Thurgauerstraße 39, 8050 Zürich
Tel. +41 44 2567777
www.147.ch

Bei Fragen zu Aids

Lust und Frust
Fachstelle für Sexualpädagogik
Langstraße 21, 8004 Zürich
Tel. +41 44 2993044
www.lustundfrust.ch

Bei Fragen zu Homosexualität

Rainbowgirls – Homepage für junge lesbische und bisexuelle Frauen
www.rainbowgirls.ch

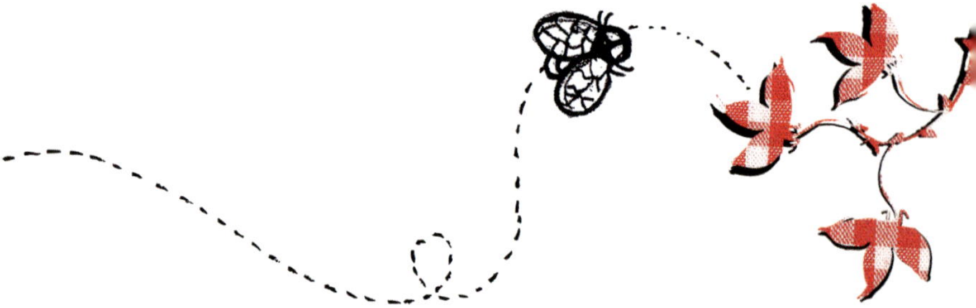

REGISTER

A

B

C

D

E

F

G

L

M

N

O

P

T

Simone Elkeles

Du oder das ganze Leben

400 Seiten ISBN 978-3-570-30718-2

Jeden anderen hätte Brittany Ellis, unangefochtene Nr. 1 an der Schule, lieber als Chemiepartner gehabt als Alex Fuentes, den zugegebenermaßen attraktiven Leader einer Gang. Und auch Alex weiß: eine explosivere Mischung als ihn und die reiche »Miss Perfecta« kann es kaum geben. Dennoch wettet er mit seinen Freunden: Binnen 14 Tagen wird es ihm gelingen, die schöne Brittany zu verführen. Womit keiner gerechnet hat: Dass Brittany und Alex sich mit Haut und Haaren ineinander verlieben. Das aber kann die Gang, der Alex angehört, nicht zulassen ...

cbt

www.cbt-jugendbuch.de

Patrycja Spychalski

Ich würde dich so gerne küssen

ca. 200 Seiten, ISBN 978-3-570-30780-9

In der Nacht zu ihrem 17. Geburtstag lernt die eigenwillige Frieda jemanden kennen: Jeffer, einen gut aussehenden, rebellischen Jungen und – wenn sie den warnenden Stimmen glauben will – Herzensbrecher. Als ihre Eltern verreisen, schlägt Frieda all die vernünftigen Ratschläge in den Wind und zieht kurzerhand bei Jeffer ein. Gemeinsam feiern sie, hören Musik, reden bis tief in die Nacht – nicht mehr. Beide spüren, dass sie etwas wirklich Besonderes verbindet, doch genau das macht ihnen Angst, zumal Frieda nicht versteht, was dieser besondere Junge an ihr findet. Frieda und Jeffer brechen den Kontakt zur Außenwelt völlig ab und fahren ans Meer, um endlich herauszufinden, was das zwischen ihnen ist. Doch es ist genau ein Kuss, der schließlich alles verändert ...

cbt

30019

www.cbt-jugendbuch.de

The End